いま、なぜ魯迅か

佐高信
Sataka Makoto

a pilot of wisdom

目次

＊魯迅の作品の引用は、主として『魯迅選集』（増田渉・松枝茂夫・竹内好編、岩波書店）に拠った。
＊引用文中、今日の人権意識に照らして不適切と思われる表現があるが、原典の時代性を鑑み、原文のままとした。

はじめに――いま、なぜ魯迅《ろじん》か

一九七七年秋に出した最初の著作『ビジネス・エリートの意識革命』（東京布井出版、のちに『企業原論』と改題して現代教養文庫）を私は次のように結んだ。

「竹内好《よしみ》は『ドレイとドレイの主人はおなじものだ』という魯迅のするどい警句を引きながら、ドレイは、人に所有されることによって、自由ではない。しかし、ドレイの所有者もまた、所有することによって自由ではない。したがって人間の解放は、ドレイがドレイの主人にのし上がることによってではなく、人が人を支配する制度そのものを改革することによってしか実現しない、と述べているが、現在の企業という封建社会、あるいはドレイ社会の改革も、この方向によってしかなしえないのであろう。そのためにもまず、ドレイ精神からの脱却が主張されなければならない。

現在の企業という封建社会の中では、上司の命令に黙従する社員になることも、部下に専制権力をふるう社長になることも、同じく『精神のドレイ』になることなのだという視点に立って、ドレイ精神からの脱却を図ることが『企業人革命』の出発点であり、また到達点だからである」

「会社国家」であり、「官僚国家」でもある日本では、いま、ドレイが主人の意向を先取りする忖度《そんたく》が大流行《おおはや》りだが、その意味では「企業人革命」は「日本人革命」ともなる。

その有効な武器として魯迅の思想を、改めてクローズアップしてみたい。私にとって魯迅は思想の原郷であり、魯迅を振り返ることは自分の生の軌跡を振り返ることである。

ニーチェは「神は死んだ！」と叫んでキリスト教に反逆したが、魯迅は儒教に徹底的に抵抗し、その教えをひっくり返した。

たとえば、魯迅に傾倒したジャーナリストのむのたけじは、河邑《かわむら》厚徳著『むのたけじ笑う101歳』（平凡社新書）の中で、魯迅に「最も惹《ひ》かれたのは、論語を真っ正面から敵視したことだな。孔子を真っ正面から叩《たた》いたのが彼で、私も本当にそうだと思ったの」と告白し、「左の端にも右の端にも行くな、真ん中で行くのがいい道徳だ」という『中庸』はおかしい、と続ける。そして、こう結論づける。

「私は貧乏人の子で、権力支配を受けてきて、それはとんでもないと思っていた。貧乏人が問題を突き詰めて考えて勝負してこそ、世の中を変えられる。真ん中でプラプラやっているのはごまかしだと思ってね。だから私は孔子の論語はごまかしだと思っている」

誰もが疑わない「親孝行」でもそうである。たとえば、森友学園が運営する塚本幼稚園では、園児に教育勅語を暗唱させていた。そして、「安倍首相がんばれ」と叫ばせていたのだが、「親を大切に」はそんなに当然のことなのか。

尊属殺重罰、つまり親殺し重罰は、私は戦後すぐになくなったと思っていたら、一九七三年まで続いていた。

実の父親から性的虐待を受けて子どもまで生まれ、遂に父親を殺してしまった娘にも尊属殺重罰が科され、それは憲法違反だという判決が一九七三年に最高裁で出た。それではじめて尊属殺重罰はなくなったのだが、この例を前にしても「親を大切に」のような教育勅語的なことが言えるのか。

魯迅の『朝花夕拾』に「二十四孝図」が入っている。これは儒者が二十四人の孝行者とされる歴史上の人物を絵入りで解説した通俗本について、否定的に書いた評論である。

その中の一つに「郭巨《かくきょ》、児を埋む」がある。

ある子どもが母親の腕に抱かれてニコニコ笑っているが、彼の父親は、いましも彼を埋めるために穴を掘っている。その説明に言う。

「漢の郭巨、家貧し。子あり、三歳なり。母かつて食を減じて之《これ》に与う。巨、妻に謂《い》って曰《いわ》く、貧乏にして母に供する能《あた》わず、子また母の食を分つ。盍《なん》ぞ此《これ》を埋めざる?」

「坑《あな》を掘ること二尺に及んで、黄金一釜《ふ》を得。上に云《い》う天、郭巨に賜《たま》う、官も取ることを得ず、民も奪うことを得ず、と」

この話を引いて魯迅はこう考える。

「私は最初、その子どものことが気がかりで、手に汗を握った。黄金一釜が掘り出されて、やっとホッとした。だが私はもう自分が孝子になる気がなくなったばかりでなく、父が孝子になったら大変だという気がした。そのころ私の家は左前になっていて、父母がしょっちゅう食いぶちの心配をしているのが耳にはいった。それに祖母は年老いている。もし父が郭巨のまねをする気になれば、埋められるのはこの私ではないか。もし郭巨のときと同様に一釜の黄金が掘り出されれば、むろん、この上ない仕合せである。だが、そのころ私はまだ小さくはあったが、世の中にそんなうまい話はザラにあるものではない、というくらいの智慧《ちえ》はあったと思う」

つまり、貧しくて母親に食を与えることができないので、自分の子どもを埋め殺してしまうのは当然であって、それが親孝行の道だと儒者は説くのだが、魯迅は、自分の父親が郭巨のような孝行息子だったならば、自分が埋められてしまう立場になるという、子ども時代の恐怖を語っている。

日本でも、特に戦争中の天皇制教育は、教育勅語に象徴されるように、上から下への儒教的イデオロギーだったが、しかし、道徳は上から押しつけられた途端に腐ってしまう。それは自発的なものではなく強制的なものになり、道徳ではなくなるのである。

反戦川柳作家の鶴彬《あきら》は「修身にない孝行で淫売婦」と、娘を身売りさせた親を風刺したが、魯迅は修身こそが淫売婦にさせるのだと読み破った。

戦争下の教えでは、国民は「天皇の赤子」だといわれた。つまり、親孝行は天皇孝行につながり、国民の生命は二の次、三の次だったのである。

「報復」も儒教的には否定されるだろう。しかし、裁判所までが権力に支配され、法が公平に適用されない時もそれは否定されるべきなのか。魯迅は報復を否定しない。復讐《ふくしゅう》でさえも否定しない。

〝日本の魯迅〟ともいわれた竹内好は、『魯迅評論集』（岩波文庫）で、魯迅についてこう書いている。

「苦しくなると、とかく救いを外に求めたがる私たちの弱い心を、彼はむち打って、自力で立ちあがるようにはげましてくれる。彼がとり組んだ困難にくらべれば、今日の私たちの困難はまだまだ物の数でないのだ。これしきの困難に心くじけてはならない。ますます知慧をみがいて、運命を打開しなければならない。魯迅は何ひとつ、既成の救済策を私たちに与えてくれはしない。それを与えないことで、それを待ちのぞむ弱者に平手打ちを食わせるのだが、これ以上あたたかい激励がまたとあるだろうか」

努力すれば必ずそれは報われる、という考え方がある。「苦あれば楽あり」という因果応報的世界観だが、これは「苦あれば楽あろう」、これだけ努力すれば必ず報いられるだろうという祈りにも似た願望が短絡したものであり、〝現実〟は「苦あっても必ずしも楽あらず」である。

それではそれこそ報われない、と言う人がいるかもしれないが、見当違いの努力もあるだろうし、どう努力しても浮かび上がれない人もいる。たとえば、魯迅が「故郷」で描いた閏土は〝努力〟しなかっただろうか。

そう前提した上で魯迅は「報復の論理」を展開する。

「花なきバラの二」は、一九二六年三月十八日、中国の時の軍閥政府によって多くの青年が虐殺された「民国以来最も暗黒の日」に書かれたものだが、

「これは一つの事件の結末ではない、一つの事件の発端だ。

墨で書かれたタワ言は、血で書かれた事実を隠しきれない。

血債は必ず同一物で償還されねばならぬ。支払いが遅れれば遅れるだけ、一そう高い利息をつけねばならぬ！」

という激しい文字で綴《つづ》られている。

報われ難い〝現実〟があるからこそ、「報復の論理」は必要なのであり、「血債」は「償

還され」ていないからこそ、必ず「償還されねばならぬ」のである。

「挫折」は多く、これだけ努力すれば必ず報われるだろうという「期待」と「現実」を取り違えたところから生まれる。そこには当然、無意識的にもせよ己れの力に対する過信がひそんでいる。

私が名づけた「まじめナルシシズム」の腐臭はそこから立ちのぼる。

魯迅がそうした腐臭と無縁なのは、己れの力などなにほどのものでもないことをハッキリと知っているからであり、「努力」が報われ難い〝現実〟であるからこそ、「絶えず刻む」努力が必要であることを知っているからである。

「私は人をだましたい」や「『フェアプレイ』は時期尚早」といった魯迅の刺言を読んで、私は「至誠天に通ず」式のマジメ勤勉ナルシシズムから自由になった。

マジメ主義者や「誠実」讃美者（とかくこれらの「主義者」は他人に対するマジメや誠実より己れに対するそれを優先させる）は、よく「真実」を他人に預けて（「告白」！）、自分の重荷を軽くする。

竹内好は「日本文学にとって、魯迅は必要だと私は思う。しかしそれは、魯迅さえも不要にするために必要なので、そうでなければ魯迅をよむ意味はない」と喝破した（『新編魯迅雑記』勁草書房）。日本文学にとってだけでなく、日本人にとって魯迅が必要なのだと思うが、学生時代に私は友人に、日本人にはマルクスやらウェーバーよりも魯迅を読むことが必要だという手紙を書いたことがある。

魯迅は、とりわけ卑屈なドレイ根性、ドレイ精神を排した。聖人君子が嫌いな魯迅はこんなことも言っている。

「私は天国をきらひます。支那に於《お》ける善人どもは私は大抵きらひなので若《も》し将来にこんな人々と始終一所に居ると実に困ります」

「長いものには巻かれろ」で、多数に従う「いい人」ばかりのこの国には、いまこそ、魯迅という精神の爆薬が必要だと私は思う。魯迅は夏目漱石の影響を受けた。逆に魯迅に影響された人には中野重治や竹内好、そして、むのたけじなどがいる。危険を冒して魯迅を助けた内山完造を含め、「魯迅と日本」という角度から魯迅の思想を語りたい。最初の場面は魯迅と石原莞爾《かんじ》が交差した「一九〇四年秋、仙台」である。

第一章　一九〇四年秋、仙台

「幻灯事件」と石原莞爾

街の中を広瀬川がくねって流れる仙台は、東北一の杜《もり》の都である。

一九〇四年九月、その仙台の医学専門学校に二十三歳を迎える周樹人（のちの筆名が魯迅）が入学した。

興味深いのは同じ仙台に、魯迅が来る二年前に石原莞爾が来ていたことである。一八八九年に山形県鶴岡町（現鶴岡市）に生まれた石原は仙台の陸軍地方幼年学校に入り、一九〇五年に東京の陸軍中央幼年学校に進むまで仙台にいた。

だから二十三歳の魯迅と十五歳の石原は、あるいは街角ですれ違っていたかもしれない。いずれにせよ、同じように広瀬川の瀬音を聞いていたことは確かなのである。

日本が清《しん》と戦争を始めたのは一八九四年だが、一九〇四年はロシアとのそれを起こした年だった。

さらにその後、中国への侵略を進める日本の象徴的人物となる石原と、侵略される側の抵抗の原基ともいうべき魯迅が仙台で交差していたのである。

石原が東京に行った翌年の一九〇六年春、魯迅は仙台医専に退学届けを出し、東京に戻る。この二人は東京の空も共に眺めていた。

魯迅が仙台を去ったのは、いわゆる「幻灯事件」がキッカケだった。それを魯迅は『朝花夕拾』所収の「藤野先生」に書いている。

仙台医専の骨学の先生だった藤野厳九郎は中国からの留学生の魯迅に、

「私の講義は、筆記できますか」

と尋ね、魯迅が、

「少しできます」

と答えると、

「持ってきて見せなさい」

と言って、以後毎回、ていねいに朱筆で添削して返してくれた。それは、骨学だけでなく、血管学、神経学にも及んだのである。

そんなこともあって、魯迅の成績はよかったのだが、そのことが日本人同級生のやっかみを呼び、魯迅は藤野から試験問題を教えてもらっているのだという匿名の手紙を受け取ったりもした。

「中国は弱国である。したがって中国人は当然、低能児である。点数が六十点以上あるのは自分の力ではない。彼らがこう疑ったのは、無理なかったかもしれない。だが私は、つづいて中国人の銃殺を参観する運命にめぐりあった」

異国の地にあって自国人の銃殺を見る。これほど切ない話もないだろう。

それは第二学年の細菌学の授業においてだった。細菌の形態は、すべて幻灯で見せる。ときおり、時間が余ると、ニュースなどを映したが、ある時、日露戦争の最中に、中国人がロシア軍のスパイを働いたとして銃殺される場面《シーン》が出て来た。

「万歳！」

それを取り囲んで見物している中国人群衆が、手を拍《う》って歓声を上げる。

もちろん、幻灯を見ている日本人学生も歓声を上げたが、魯迅はこれにショックを受けた。日本人に対してよりも、むしろ、中国人の同胞に対する衝撃である。

「ああ、もはや言うべき言葉はない」

そう思って魯迅は医学の道を捨てる。中国人には精神の改造こそが必要だと考えて、作家の道を選択するのである。

しかし、日本人には精神の改造は必要ではなかったのか。同じころ、仙台にいた石原はどうしていたのか。もちろん八歳の年齢差は考慮しなければならないが、有名な逸話がある。

石原は成績抜群で開校以来の秀才といわれたが、図画の時間に写生の題材に困り、

「便所に於いて我が宝を写す」

と題して自分の逸物を写生帳に描き、これを提出した。

戦場を図画で示す関係から、写生を必修科目とする、くそまじめな教官に反抗したらしい。写真が発達して図画以上の見取り図ができるようになったのに、なぜ、週二回も写生をやらせるのか。石原は後年、カメラに凝るが、子どもの時分から図画も巧みだった。だから、自分は写生は苦にならない。しかし、軍人は実戦を想定して鍛錬すべきで、無駄は排除すべきであり、これまでの因習をそのまま継承するのはおかしい。

写生の題材に苦しむ同級生を前に、そう考えた石原は、

「おれに任せろ」

と言って、逸物を描き、教官にそれを見せた。瞬間、彼の顔色は変わり、ふるえる手で写生帳を叩きつけて教室を出て行った。

石原を取り巻いた同級生に、笑いながら石原は、

「もう写生は必修課目ではなくなるぞ」

と言ったが、ことはそう簡単ではなかった。

同級生が生徒監に呼び出され、石原は品性下劣、上官抵抗で退校だぞ、と怒鳴られる。

「石原は品性下劣ではありません。上官に抵抗したのでもありません。彼はみんなが週二回の写生にまったく題材をなくして困っているので、それを助けるためにやったのです」

と同級生は必死になって抗弁した。

それで生徒監は逆に石原擁護に回り、教育部と教授部の対立に発展する。

それを校長の柳下が、

「これは私の責任だ。石原は一定期間この柳下が直接訓育する。それでも将来の見込みがなければ、また改めて諸君に相談する」

と引き取ってケリがついた。

石原に心酔した木村武雄は『ナポレオン　レーニン　石原莞爾』（講談社）で石原を英雄視しているが、これを稚気溢《あふ》れる行為とは言えないだろう。その年齢の行為としては無邪気とは言えないし、魯迅の苦悩の後の決心と比べれば、あまりにも落差のあるコントラストではないか。

藤野先生との「惜別」

魯迅が藤野を訪ねて、医学の勉強をやめたいと告げると、藤野は悲しそうな表情をし、出発の二、三日前に魯迅を自宅に呼んで、裏に「惜別」と書いた写真をくれた。

そして、魯迅の写真もほしいと言ったが、魯迅はあいにく写真の持ち合わせがなかった。それで、そのままになってしまったが、藤野にもらった写真を魯迅は机の前の壁にかけて、大事にした。

「夜ごと、仕事に倦《う》んでなまけたくなるとき、仰いで灯火のなかに、彼の黒い、痩せた、今にも抑揚のひどい口調で語り出しそうな顔を眺めやると、たちまちまた私は良心を発し、かつ勇気を加えられる。そこでタバコに一本火をつけ、再び『正人君子』の連中に深く憎まれる文字を書きつづけるのである」

魯迅は「藤野先生」をこう結んでいる。

ドレイを持つことにおいて、ドレイの主人もまたドレイである。魯迅はこう喝破したが、その認識は当時の日本人にはなかった。とりわけ軍人にはなく、石原ももちろん例外ではない。

藤野厳九郎は魯迅の師、もしくは友たりえても、石原は魯迅の友たりえないのである。

私がＮＨＫの番組「名作をポケットに」の案内役として「藤野先生」の舞台を改めて訪ねるため、仙台に行ったのは二〇〇二年の春だった。

それは同年四月に放映されたが、番組の最後に私は、日本の侵略に命懸けで抵抗した魯迅が、最期まで藤野の写真を書斎に掲げて敬していたことに救われる思いがするが、しかし、日本が中国にしたことを思えば、藤野の存在によって私たちが救われてはならないだろう、と話した。

「私は人をだましたい」とか、「『フェアプレイ』は時期尚早」とか、魯迅の言葉には、いわゆる「正人君子」を憤激させる思想が含まれている。しかし、「正人君子」こそが人をだましてきたのではないかという問いを、魯迅は突きつけているとも言えるのである。

そして私は、自らを正人（もしくは聖人）や君子だと思っている人が多い日本でこそ、魯迅は読まれなければならないと考えている。

仙台にちなんで言えば、宮城県出身で仙台にあった旧制二高に学んだ人権派弁護士の遠藤誠の話が忘れられない。

一九九四年春、遠藤が広域暴力団の山口組の本部で暴力団対策法の裁判について話していると、当時組長だった渡辺芳則が、

「遠藤先生は左翼だから、弁護団長を頼んでいると、山口組も左翼にされてしまうのではないかと心配する者がいる。そこでお尋ねするんですが、共産主義諸国が崩壊した現在、左翼と右翼はどこが違うんですか？」

と質問してきた。それで遠藤が、

「太平洋戦争の見方が一つの分かれ目で、侵略戦争と見るのが左翼で、正義の戦争と見るのが右翼となっています」

と答えると、渡辺はすかさず、

「そりゃ、あの戦争は侵略戦争に決まってますよ。だって、日本の軍隊が、中国や東南アジアというほかの国に攻めこんだわけでしょう。ほかの国の縄張りを荒らしたら、侵略になるのは決まってますわな」

と言った。

遠藤が、そうしたら渡辺さんも左翼だということになりますよ、と続けると、渡辺は、

「それが左翼だというなら、私も左翼ですなあ」

と応じたとか（『レコンキスタ』第二二〇号、一九九四年十月一日）。

およそ「正人君子」とは言えない渡辺の方が物事の本質をつかんでいるということであり、魯迅がこの遣《や》り取《と》りを知ったら、手を叩いて喝采しただろう。

第二章　エスペラントに肩入れした魯迅と石原莞爾

独裁国家にとっての〝危険な言語〟

魯迅と石原莞爾には思いがけない共通点がある。エスペラントに肩入れしていたということである。

「平和の前衛」として〝危険な言語〟視もされるエスペラント（希望する者という意味）は、ポーランドに生まれたユダヤ人医師のザメンホフによって、一八八七年に発表された。魯迅が生まれて六年後である。

日本ファシズムの惑星ともいうべき北一輝《きたいっき》は『日本改造法案大綱』において、「英語ガ日本人ノ思想ニ与ヘツ、アル害毒ハ英国人ガ支那人ヲ亡国民タラシメタル阿片《アヘン》輸入ト同ジ」と断じ、「英語ヲ廃シテ国際語《エスペラント》ヲ課シ第二国語トス」としている。「言語ハ直チニ思想トナリ思想ハ直チニ支配トナル。一英語ノ能否ヲ以テ浮薄軽佻《ふはくけいちょう》ナル知識階級ナル者ヲ作リ、店頭ニ書冊ニ談話ニ其《そ》ノ単語ヲ挿入シテ得々恬々《てんてん》トシテ恥無キ国民ニ何ノ自主的人格アランヤ。国民教育ニ於テ英語ヲ全廃スベキハ勿論、特殊ノ必要ナル専攻者ヲ除キテ全国ヨリ英語ヲ駆逐スルコトハ、国家改造ガ国民精神ノ復活的躍動タル根本義ニ於テ特ニ急務ナリトス」というのである。

北のこのちょっと見当違いなヒイキ論を受け継いで、石原は「満州国独立の暁にはエスペラントを採用するから、その教師団の編成を大本《おおもと》で引き受けてもらいたい」と頼んでいる。戦時中に弾圧されたあの大本教である。大本の怪物だった出口王仁三郎《でぐちおにさぶろう》は出口なおのお筆先を解釈して「世界のいろはがひとつになるぞよ」と言った。

日本を追われて中国の魯迅のところに逃げた盲目の詩人、エロシェンコは帝政時代のロシアに生まれたが、ザメンホフはそのロシアによって母国語を奪われたポーランドに生まれている。日露戦争で日本がロシアを敗《やぶ》ったためにポーランドには日本びいきの人が多いという。しかし、その日本も朝鮮の言葉を奪った。「迫害のなかのエスペラント」と副題されたウルリッヒ・リンス著『危険な言語』(栗栖継訳、岩波新書)の中の「朝鮮語を使うことがこの上ない重罪の一つだったこの時期に、当時の知識人たちがエスペラントに興味を持ったのは当然である」という朝鮮の若い歴史家の言葉はわれわれ日本人の肺腑《はいふ》をえぐる。

エスペラントはナチス時代に「ユダヤ人の言語」とか「共産主義者の隠語」、さらには

「非言語」と呼ばれて徹底的に迫害された。

ロマン・ロランもマキシム・ゴーリキーもエスペラントの強力な支持者だったが、そのゴーリキーの故国では、一国社会主義を唱えたスターリンの時代にエスペランチストが弾圧された。当時の粛清リストには「反ソ分子」などと並んで「外国と連絡のある市民」とあり、「切手収集家とエスペランチスト」もそれに含まれているという。こういう大国支配に断固として抵抗したのが、かつてエスペラントを学んだユーゴスラビア大統領のチトーだった。彼は一九五三年に「大国は自分たちの言語が支配することを望んでいるが、エスペラントには真に世界的な性格があるのだ」と言っている。

エスペラントは世界共通語であり、それぞれの母国語にとって代わろうとするものではない。しかし、その国際性ゆえに閉鎖的な独裁国家では常に弾圧されてきた。

それを魯迅はもちろん、石原も支持しているのだが、そのめざす方向は明らかに違っている。

石原の場合はあくまでも米英の支配に対抗するためであり、被抑圧者の国際的な連帯を求めるためではない。遅れてきた帝国主義国家の日本が、先を走る帝国主義国家を倒す手段として利用しようとしたのである。でなければ、日本が朝鮮の言葉を奪ったことに、石原は敏感に反応しなければならない。

同級生Kが抱いた希望

日本の軍人の中では稀《まれ》に見る理想家だったとして評価の高い石原について、私は『黄沙の楽土――石原莞爾と日本人が見た夢』（朝日新聞社、のちに『石原莞爾　その虚飾』と改題して講談社文庫）を書いたが、夢や希望ということを考える時、およそ六十年前の中学生時代のある光景が浮かんでくる。

一九六〇年春に私は山形県立酒田東高校に入学したのだが、その年、同じ酒田市立第一中学校を卒業した同級生に、Kという女生徒がいた。

多分、彼女はその後すぐ、いわゆる集団就職で上京したのだと思う。小柄で、キリッとした女性だった。成績もよく、進学する者の中に彼女より成績の悪い者が少なくなかった。しかし、家庭の事情で就職しなければならなかったのである。

卒業前のある日、担任の教師が「希望」を調査した。「進学」か「就職」かの希望である。

すると彼女は「就職」ではなく、「進学」に手を挙げた。小柄だから、席も一番前だった。

それを見て担任が、

「君は……」

と後に続く言葉をのみ込むように尋ねた。

その目を強く見返しながら、彼女は、

「だって希望でしょう」

と手を挙げ続けたのである。

その時の担任の困ったような表情と、彼女のキッと挑むようなまなざしが忘れられない。

自分は恵まれているんだという思いと、「希望」が容《い》れられない彼女に対する後ろめたさのようなものが重なって、時折、その場面が鮮明にクローズアップされる。

魯迅は「故郷」の中で「希望」についてこう言っている。

「思うに、希望とは、もともとあるものだともいえぬし、ないものだともいえない。それは地上の道のようなものである。もともと地上には、道はない。歩く人が多くなれば、それが道になるのだ」

その後、高校にはほとんどの者が進むようになった。「歩く人」が多くなって、「道」ができたとも言える。しかし、私は、あの時、彼女が嚙《か》みしめていたであろう苦い思いと共に「希望」の意味を考えるようになった。

そしていま、満州（現中国東北部）移民の夢も、彼女の「希望」のようなものではなかったのか、と思うのである。満州移民の夢だけでなく、五族協和の王道楽土を無邪気なまでに信じたらしい石原の夢も、そのようなものではなかったのか？

敗戦直後、虚無と絶望の中にある日本人を前にして、石原は、

「その絶望が深くない。その虚無はほんものでない。この程度の絶望と虚無からは平和を全身で熱望する姿勢が生まれてこない」

と言い、さらに、

「二十年くらい経《た》つと、日本人はボツボツと目覚めてくるであろう。本当の建設はそれからである」

と付け加えた。

よくも、ぬけぬけとこんなことが言えたものだと呆《あき》れるしかない。石原程度の絶望と虚無から生まれたものだったが故に、王道楽土の理想は現実と乖離《かいり》していた。その石原の妄想に翻弄されて、どれだけの人間が死ななければならなかったか。

魯迅は一九三六年に五十五歳で亡くなっている。日本で「二・二六事件」の起こった年だった。むきつけの日本軍の暴力にも魯迅は苦しまなければならなかったが、むしろ魯迅がより激しく憎んだのは石原莞爾的な「理想」の押しつけではなかったか。それは独り善がりだっただけでなく、「内面指導」という名の下に中国人の精神を蝕《むしば》んでいった。

その悲喜劇が石原の発案した「満州建国大学」で演じられる。その開学は魯迅の死後二年経っての一九三八年だが、わずか七年で消えたこの大学に日本と中国、そして石原と魯迅の夢と理想の対比を見てみたい。

第三章　満州建国大学の夢と現実

石原莞爾の満州建国大学論

当時の日本と中国のズレというか断絶は、石原莞爾と魯迅の苦悩のズレ、もしくは格差に象徴される。

かつて私は受験勉強で年号を覚えるのに、たとえば一九一五年の事件を「一句一語も強談判」と暗記した。「対華二十一ヵ条要求」をそう記憶したのである。

魯迅が仙台を出てほぼ十年後に日本は、「山東問題の処分」や「南満東蒙《なんまんとうもう》における日本の地位を明確ならしむる」ことなどについて無理な要求を突きつけたのだった。

それに対して中国は、日本が最後通牒《つうちょう》を出した五月七日と、中国が受諾した五月九日を「国恥記念日」として抵抗する。

そうした背景を無視して、あるいは糊塗《こと》するために石原は「五族協和」という夢想（理想とは言わない）を掲げ、その実現のために満州建国大学を構想した。

一九三一年に満州事変を起こし、翌年に建国した日本のカイライの満州国に、一九三八年春、建国大学（建大）を建てたのである。

中国では満州国を「偽満州国」として存在を認めていない。魯迅は「偽」を撃つ側にいて、石原は「偽」という虚構の上に崩れ去る夢の大学を建てようとした。

日本の敗戦の一九四五年まで、わずか七年しか存在しなかったこの大学の一期生は日本人六十五人、中国人五十九人、朝鮮人十一人、モンゴル人七人、台湾から三人、そしてロシア人が五人の百五十人だった。

『満洲建国大学物語』（原書房）の著者、河田宏は、この大学に関心を持ったのは、奇妙な食物を主食としていたことを知ったからだ、と書いている。

それは米と高粱《コーリヤン》を半々に混ぜた高粱飯だった。日本より先に主食が配給制になっていた満州国では、日本人には米、朝鮮人には米と高粱、中国人には高粱が主食として配給され、中国人が米を食べると罰せられる法律があった。

「五族協和」の五族は、日本、漢、満州、朝鮮、蒙古を指すが、食べ物でこんな差別をしていては、それが空念仏に終わることは明らかだろう。

河田は「食物の怨念は深く、消えることはない。どんなに高邁《こうまい》な思想を称《たた》えても食物一つで空論になってしまう」と指摘している。

そもそも建大は、耕作していた中国人を追い出した土地に建てられたが、こうした現実を踏まえた上で、河田が『満洲建国大学物語』のプロローグに描いている石原の〝空念仏〟を聞こう。

一九三六年四月十三日、陸軍大尉の辻政信は参謀本部作戦課長の石原（大佐）に会って、満州経営について、次のように聞かされる。

「いいか。満洲は誰のものでもない。東亜各民族のものだ。日漢鮮蒙露の民族が協和して創ったまったく新しい独立国なのだ。まず、このことを肝に銘じておいてもらいたい。満洲を日本の植民地、日本国内の矛盾のハケ口ぐらいにしか考えていない奴《やつ》らが多いから困るのだ。たしかにいまの日本は多くの矛盾を抱えている。西欧諸国だってそうだ。現代社会の核になっている物質文明が行き詰まってしまったということだろう。世界中がいま進むべき方向を模索しているんだ。ロシア革命しかり、ヒトラーのナチズムしかりだ。どれも一長一短がある。日本でいま若い連中が騒ぎ回っている昭和維新もその一つだろうが、あんなことで何ができるものか。

わしは満洲こそが、民族協和、王道主義を国是とする満洲国こそがこれからの世界の指針になると確信している。満洲を健全に育成すれば昭和維新も実現する。これがわしの考えだ。そのためには、満洲は絶対に独立国家でなければならんのだ。既成の国家観に毒されてはならない。しかし――」

そこで一息ついて石原は続けた。

「いまは関東軍の武力で一応体裁だけは整えているが、あれは国なんてものではない。日本のカイライ国家、日本の植民地といわれてもしかたない状態になっている」

それを打破するために石原は「東亜連盟」構想を主張した。

「日本を除くアジア諸民族が欧米覇権主義に屈服して植民地化されたのは武力に劣っていたからだ。現状はどうだ。欧州航路の郵船に乗ってみなさい。日本を出たらアジアの寄港地は全部欧米の植民地ではないか。強大な欧米諸国に対してアジアの人たちが一国、一民族だけで対抗してもどうにもならん。アジアの人たちが独立を勝ち取り、恒久的な平和を達成するためにはアジアは一つにならなければならない。これを自覚すれば、東亜連盟は必ず結成できるはずだ。その手初めが満洲国なのだ。日本、朝鮮、中国三民族共有共存地域である満洲国で民族協和が実現するかどうかが鍵なのだ。いま、欧米の植民地下で呻吟《しんぎん》しているアジアの人びとは、満洲がどういう国になるか多分の期待をもって見守っている。日本が試されているといってもよい。彼らが日本と一緒に白色人種と戦うようになるかどうかは、満洲国の成否如何《いかん》にかかっているのだ」

そのために石原は国防の共同、経済の一体化、そして政治の独立を掲げる。

しかし、それはあくまでも日本が主体としてであり、中国をはじめ、アジアの他の国々の意向などは無視したものだった。結局、その後の日本の歩みが示したように、欧米の覇権主義にとって代わって日本が覇権を握ることを志向する。

石原のように覇権主義ではなく、日本は植民地を棄《す》てよという小日本主義を唱えた石橋湛山《たんざん》は石原より五歳上で魯迅より三歳下だが、残念ながら湛山の主張は大日本帝国の高らかな進軍ラッパによってかき消される。

とはいえ、先を急がずに、ここでは石原の建国大学論に耳を傾けよう。

五族協和というたてまえ

「学校を作ろう。迂遠《うえん》な方法かもしれないが、いまの満洲を変えるにはこれしかない。法《ほう》匪《ひ》軍閥頼むに足らずだ。新しい時代を担う人材を育てることだ。その青年たちが満洲国の思想、文化、政治、経済のリーダーシップをとるようになれば、そのときこそ民族協和が実現するだろう。一〇年後、二〇年後になるかもしれないが、満洲再建の方策はそれしかない。アジア大学のようなものを作るのだ。満洲だけでなくこれからのアジア諸国で必要なものは民族協和の理想に基づく経済であり、政治であり、哲学でしょう。これを満洲で作ってください。日本の既成の大学のマネをしてもらっては困る。満洲在住の日漢満鮮蒙白系ロシア各民族の青年を集めて、一緒に飯を食い、一緒に勉強し、一緒に喧嘩《けんか》もできる、そんな学校だ。いずれはアジア各国の青年を集めたい。全員が塾生活をする。教授は世界中の知識人、革命的指導者を招聘《しょうへい》する。そして、王道政治学、王道経済学といったような新時代の学問を築くのだ。終身の計は人を樹《う》うるに如《し》くはなしだ」

石原は胡適《こてき》、周作人、ガンジー、パール・バック、そしてトロツキーなども招こうとしたが、ことごとく断られる。

たとえば、魯迅の弟の周作人は北京《ペキン》大学教授の椅子を動かない。その事情を河田はこう推測する。

「魯迅が鋭く中国の前近代性を剔抉《てっけつ》したのに対して、周作人は近代的知性をもった中国古来の文人といった風があり、多くの人に親しまれていた。それに夫人は日本人である。彼を建大に迎えられれば、民族協和のたてまえ上、効果は抜群であろう。しかし断られた。文人に徹していた周作人は政治的なものに一切関わろうとしなかった。建大を学問の府ではなく、政策大学とみていたのであろう」

建大創立の前年に日中戦争が始まっている。いくら周作人が兄とは違って政治に関わらないとしても、偽満州国の偽大学教授になるはずがない。それすらも想像できない石原の下に、この大学はスタートしたのである。その矛盾にとりわけ苦しんだのは入学した学生たちだった。

とはいえ、石原もそれなりに尽力はした。

北京大学教授の鮑明鈐と蘇益信を建大教授にという話に、二人共に「五・四運動」という反日民族運動の指導者だとして、現地軍司令官の寺内寿一が強硬に反対した時、その申し入れを拒絶して迎え入れている。

あるいは、朝鮮の崔南善《チエナムソン》の場合は、崔が三・一朝鮮独立運動の「独立宣言書」の起草者で投獄もされているとして、朝鮮総督の南次郎から厳重抗議が来た。

それに対して石原は「崔の教授就任に反対するなら、関東軍司令官当時、南が民族協和を唱えたのは本心にあらず」と新聞発表しろとねじ込み、抗議を撤回させている。

建大には十五万冊の蔵書があった。一般では読むことを禁じられた社会主義関係の本も多く、それも読むことができたのである。

図書委員となった三期生の楓元夫によれば、満州出身の学生の貸出し図書では河上肇《はじめ》と河合栄治郎の本が多かった。その他、孫文の『三民主義』や『建国大綱』が人気だった。ヒトラーの『我が闘争』は数冊あったが、どの本も「世の中にひとつの民族が二つの国に分断されていることくらい不幸なことはない」という箇所に赤線が引かれていた。

建国大学の理想を追えば追うほど反日になる。その矛盾は一九四一年十一月十四日に、一期生の孫松齢が関東軍憲兵隊に逮捕されることで表に出た。

その年の十二月二十七日に満州国政府は治安維持法を公布して、以後、建大生の逮捕が続出することになる。副総長の作田荘一《さくだしょういち》は、逮捕された学生を集めて、

「君たちは破廉恥罪で捕まえられたのではない。民族のために自ら信じることを命がけで

やろうとした政治犯である。胸を張って生きてほしい」

と激励したが、関東軍参謀長時代に、建大教授の岡部鑑記に、

「君は満洲国の独立とか民族協和とかを本気で考えているのかね」

と皮肉っぽく言った東条英機が首相となっては、その励ましも空《むな》しく響くばかりだった。


「蒙古放浪歌」


一九四三年六月十二日、建大は最初の卒業生を送り出す。

「満洲国の最高学府なので皇帝溥儀《ふぎ》が臨席した。東京帝国大学なみである」

『満洲建国大学物語』に河田はこう記している。

心たけくも　鬼神ならぬ
人と生まれて　情けはあれど
母を見捨てて　波越えてゆく
友よ卿等《けいら》と　何時また会わん

この「蒙古放浪歌」を建大生たちは好んで歌った。新京（現長春）に建てられた六十五万坪に及ぶ広いキャンパスに学んだ建大生の一人、大橋彦左衛門によれば、「はるか地平線の彼方に沈む赤い夕陽を眺め、また、月の光の中を北へ帰る雁の列を仰ぎながらである（歌の手帖編『私を支えたこの一曲』マガジンランド）。

「愛する親兄弟、朋友と別れて、満州くんだりまでやってきた多感な年頃の者にとっては、しみじみと心にしみる歌詞だった」という。

海の彼方の　蒙古の砂漠
男多恨の　身の捨てどころ
胸に秘めたる　大望あれば
生きてかえらん　望みは持たず

第四章　上野英信の建大体験

建国大学の夢と現実

のちに筑豊の炭鉱に入った記録文学作家の上野英信（本名・鋭之進）も建大に学んだ一人だが、全寮制で食費も部屋代も要らず、教科書と制服は無償支給で、おまけに月五円の小遣いをくれるという建大に、多くの苦学生が入学を希望し、一県から合格者は一人か二人の難関だった。

一九四一年春、その年の建大合格者九十一人は、東京の日本青年館に集められたのち、伊勢神宮へ連れて行かれて、みそぎ研修を受けさせられた。褌《ふんどし》一つで五十鈴《いすず》川に入る水行である。雪解け水のあまりの冷たさに卒倒する者も出たとか。

上野は建大時代のことを黙して語らなかった。ただ、弟や妹に「満州へ行って、五族協和の新しい国を興すんだ。ぼくの望みは、満州に骨を埋めること」と語っていたが、その希望の実現が容易ならざるものであることだけはしたたかに思い知らされたに違いない。『追悼　上野英信』（上野英信追悼録刊行会）に、やはり建大に学んだ斉藤長栄が「いまにして思えば、日本の満洲進出が帝国主義的侵略の一環であったことは否定すべくもない。

しかし、私たち建大生は青春を賭けて民族協和を実践し、朝鮮の独立を認め、反満抗日に奔《はし》る中国人の学友を包容する純粋さを持ち続けたのである」と書いている。

この斉藤や上野ら、希望を抱いて建大に学んだ若者たちほどに石原は「純粋さ」を貫こうとしたのか。

川原一之《かずゆき》は同書に寄稿した上野についての小伝「断崖に求めた文学の道」で、満州国の現実が理想と反する方向に走り出したことに逸早《いちはや》く気づいた石原は「満州国が日本の属国に、第二の朝鮮と化すのを見抜いて、さっさと満州を去った」と指弾している。

残された力なき若者たちはあくまでも理想を貫こうとし、その精神に手ひどい傷を負った。それは柔らかい肌に焼《や》き鏝《ごて》を当てられたようなものだろう。

私は、石原に被害者面をすることを許さない。満州の昼は岸信介、夜は甘粕《あまかす》正彦が支配したといわれるが、石原の当面の敵の東条も含めて、彼らに自分は敗れたのだと石原は言うかもしれない。ならば、それがはっきりした時点で、建大の設立にストップをかけるべきだった。

石原が「さっさと満州を去った」後、「心たけくも鬼神ならぬ」若者たちが集まった建大では、天照大神《あまてらすおおみかみ》をまつった建国神廟《けんこくしんびょう》が創設され、それぞれ、仏教やラマ教やイスラム教を信じている学生たちに、これを崇拝させようとした。共存共栄とは名ばかりで、日本も欧米の帝国主義と同じだと気付いた中国人学生の反発は激しかった。

一九四一年十一月十四日に中国人学生が憲兵隊に捕まったことは前述したが、その後も建大生の逮捕が続き、その責任を取って、一九四二年六月、副総長の作田が辞任する。満州国国務総理の張景恵が総長を兼ねる建大では、運営の実質的な責任者が副総長だった。

作田の後任には、露骨にも陸軍中将の尾高亀蔵《すえたか》が就任する。軍人が乗り込んできたことに教官や学生は落胆した。

『登張竹風《とばりちくふう》遺稿追想集』（郁文堂出版）によれば、尾高の訓示の後、最長老の教官の登張竹風が答辞に立って気骨を示す。

「われわれは言わば四十七士である。志操と団結は固く、如何《いか》なる風雪辛酸をも意としない。ただ私《ひそ》かに憂う、大石内蔵助《くらのすけ》はしっかりしているのかと」

声をはげましてこう言って、登張は尾高をにらみつけた。

尾高は赤くなり、胸の勲章が小きざみに音をたてたという。

それほど迫力があったわけだが、その後、登張はおもむろに「学の尊厳と大学の使命」を説いて、席に戻った。

この登張に比べても、石原は無責任である。〝夢売り屋〟の如《ごと》く、夢をバラまいた後に、残されたのは、それを信じた者の屍《しかばね》と失望だった。登張もまもなく、軍人に愛想をつかして満州を去っている。しかし、石原と違って「さっさと」と形容されることはなかった。

経歴を隠した卒業生

一九四三年二月、米軍に押しまくられて日本軍はガダルカナル島を放棄する。先述した川原の小伝によれば、建大で、戦局の変化に一番敏感に反応したのは中国人学生だった。

「日本はこの戦争に負けるよ。ぼくは大学を去ることにした。君も一緒に逃げないか」

親友の中国人学生から、こう言われた日本人学生もいる。

「君たちの国は、口では民族協和といいながら、飛行機を飛ばして、ぼくたちの同胞を襲撃して殺しているではないか」

厳しく問いつめられて、返答に窮した者もいた。

湯治万蔵編の『建国大学年表』（建国大学同窓会建大史編纂委員会）には、一九四五年八月十七日、建大助教授西元宗助のところに別れのあいさつに来た朝鮮民族の学生と中国人の学生がこう言った、と書いてある。まず朝鮮民族の学生である。

「先生はご存知なかったでしょうが、済州島出身の一、二のものを除いて、われわれ建大の鮮系学生のほとんどが朝鮮民族独立運動の結社に入っておりました。しかし先生、朝鮮が日本の隷属から解放され独立してはじめて、韓日は真に提携できるのです。わたくしは祖国の独立と再建のために、これから朝鮮に帰ります」

次に、中国人学生。

「先生、東方遥拝《ようはい》ということが毎朝、建大で行なわれました。あのときわれわれは、どのような気持でいたか、ご存じでしょうか。われわれは、そのたびごとに帝国主義日本は要敗―必ず敗けるようにと祈っておりました。それから黙禱《もくとう》という号令が、かかりました。あの黙禱!!は、帝国主義日本を打倒するため刀を磨け、磨刀の合図とうけとっておりました。中国語では、黙禱と磨刀とは、遥拝と要敗と同じように殆《ほと》んど同じ発音なのです。

先生、わたくしたちは、先生たちの善意は感じておりました。それだけに申訳ないと思っております。しかし、先生たちの善意がいかようにあれ、（中略）満洲国の実質が、帝国主義日本のカイライ政権のほかのなにものでもなかったことは、遺憾ながらあきらかな事実でした」

建大の学生たちがこのように考えていたことを、おそらく石原は知らないだろう。その石原の「善意」を信じることはできない。石原の地位にあり、その影響力をもって、現実をしっかりと把握せずに理想を語ることは、ある意味で犯罪である。

その「犯罪」は長く尾を引いた。たとえば中国において建大卒の経歴は強烈なマイナスとなり、「偽満州国的最高学府出身者」とか「関東軍の手先」とか罵倒され、職を追われたりした。特に文化大革命の時には、虐待や迫害の口実に使われて、自殺する者まで出たのである。

日本でも戦後、教職追放令によって建大を最終学歴とする者は教職につくことを禁止された。ために、卒業生は帰国後、他の大学に再入学して、その経歴を隠さなければならなかった。

「北帰行」を作詞・作曲した宇田博も建大に在籍した一人である。

窓は夜露にぬれて
都すでに遠のく

と始まる「北帰行」はいまは、

建大　一高　旅高
追われ闇をさすらう
汲《く》めど酔わぬ恨みの苦杯
嗟嘆《さたん》　ほすに由なし

という一節が省かれて歌われることが多い。

宇田は建大を去った後、旅順高校を経て、一高、東大に学んだ。その後、ＴＢＳに勤めている。城山三郎の親友で人物評論家の伊藤肇も満州の野を駆け巡る夢を持って建大に進んだ一人だった。

魯迅に傾倒した上野英信

ここでまた、上野英信のことを取り上げたい。それは上野が魯迅に傾倒していたからである。

『追悼　上野英信』に医師の山本廣史が、「健生健死と上野先生」と題して書いている。上野の拠点の「筑豊文庫」に山本が立ち寄った時、同席した人たちが、彼にいろいろと医学的知識を求めるのに苛立《いらだ》って、上野が、

「君達はどうして、もっと魂の問題を考えないのかね」

と声を荒くしたという。

「その時、彼の脳裏には、魯迅が、そしてゲバラが去来していた筈《はず》だ。二人とも医学を志しながら、貧しく虐げられた民を救うべく、文学と政治の道へ転向した」と山本は上野の胸中を推測している。

そして、「彼の文体は、彼の愛してやまぬ魯迅の『故事新編』の〝鋳剣〟を骨格として

いた。私が〝鋳剣〟と出会ったのは彼の死後、上野さんの文章が、どんなにこの〝鋳剣〟の影響を強く受けていたか、初めて知ることが出来た。目的達成のためには生命を捨てなくてはならぬという、彼の日頃の生活信条も、この〝鋳剣〟に発していた」と記している。

また、画家の富山妙子は「亡き上野英信さんへ」と題して、こう書き始める。

「一九八九年六月四日、北京の天安門で、学生、市民が虐殺されて以来、私の気持は重く、やり場のない憤懣《ふんまん》と悲しみのなかですごしておりました。

上野さん、中国で民主化を求めた若い学生たちが、軍隊によって殺されたのです。かつて一九二六年三月十八日、北京女子師範大学の学生が請願デモにゆき、殺されましたね。魯迅が慟哭《どうこく》をこめて『花なきバラ』を書きましたが（筆者註：実際は「花なきバラの二」）、それとおなじような事がおこり、もっと多くの若い血が流されました。学生を殺したのは反動政府でなく、私たちが思い入れてきた人民解放軍だったということで、私は茫然《ぼうぜん》としております。

上野さん、中国に対しておなじ思い入れをしてきた者として、こういうとき上野さんと語りあいたいものだと痛感いたします。

上野さんは旧満洲の建国大学に在学中に、同級生だった中国人が大学を辞め、中国革命に参加していったことを、深い感動をこめて語られましたね。

日中十五年戦争のころ、私も旧満洲の大連とハルピンで少女時代をすごしましたので、大陸の風景や、衝撃をうけたさまざまな光景が、私の原体験となっております。

そんなことから私たちは、日本が侵略した負の歴史を背負って、どのように生きるかを戦後の出発といたしました」

そして富山は追悼の文章を次のように結んでいる。

「上野さん、かけがえのない畏友を失った寂しさが迫ってまいります。天安門でのリーダーたちが逮捕されてゆく姿を見ながら、このところ私は仕事が手につかないのです。そして中国のこと、魯迅のこと、上野さんのことが思い出されます」

上野の「筑豊文庫」の硝子戸《ガラスど》をあけると、正面に魯迅の言葉を記した軸が架けてあったという。

横眉冷対千夫指

俯首甘為孺子牛

「眉を横たえて冷やかに対す千夫の指、首を俯《ふ》して甘んじて為る孺《じゅ》子《し》の牛」というこの軸は、鶴見俊輔の部屋にも飾ってあった。

これを竹内好は「文壇やジャーナリズムからは八方攻撃（千人の指弾）されるが平気の平左、家でハイハイして子どものお馬になって遊んでいた方が天下太平だ」と解釈しているが（「『横眉』の詩の解」）、鶴見は私のインタビューを受けた後、三分だけ上がりませんか、と言って軸を見せた。私が魯迅を好きなことを知っていて、鶴見は自宅に案内したのである。

第五章　故郷および母との距離

斎藤「野の人」の影響を受けた魯迅

明治の文豪、高山樗牛《ちょぎゅう》の実弟の斎藤信策は「野の人」と号した。魯迅より三歳上で、三十一歳で亡くなっている。

私の故郷の酒田の隣、鶴岡の出身なのだが、その野の人に「故郷の夢の記」（『哲人何故にありや』所収、姉崎正治・小山鼎浦《ていほ》編、博文館）という故郷論がある。

「蒸暑い都を去つて、久しぶりで故郷に帰つて見た。固《もと》より書籍など携ふる必要がない。なぜなれば故郷には智慧も要らぬ、名誉も要らぬ。つまり無智と、愚鈍と、無識と、無能とが尤《もっと》も歓迎せらるる処《ところ》である。（中略）如何なる人も、何年経つても洟垂《はなた》らしである、腕白である、徒《いたず》ら小僧である。（中略）故郷はつまり、退歩と無智と頑迷の巣窟である。（中略）故郷に居る人は何日でも愚者とならなければならぬ。是《これ》と同時に故郷に帰るには、先《ま》づ第一に昔の無学無能に立ち帰らなければならぬ」

あまりと言えばあまりな故郷論だが、同じ鶴岡出身でも、年輪を経た藤沢周平の次の故郷論の方が私には親しい。

『周平独言』（中公文庫）所収の「初冬の鶴岡」で藤沢はこう述懐している。

「いつもそうだが、郷里では私はふだんより心が傷みやすくなっている。人にやさしくし、喜びをあたえた記憶はなく、若さにまかせて、人を傷つけた記憶が、身をよじるような悔恨をともなって甦《よみがえ》るからであろう。

郷里はつらい土地でもある」

前掲のような故郷論を書いたためか、野の人の墓は鶴岡にはなく、兄の樗牛の崇拝者がいた静岡市清水区の龍華寺に兄と共に眠っている。

それはともかく、この野の人の影響を魯迅は受けた。たとえばドイツの青年詩人、テオドール・ケルナー論である。伊藤虎丸の『魯迅と日本人』（朝日新聞社）によれば、「摩羅詩力説」の中の魯迅のケルナー論は、野の人の「詩人ケヨルネル」に触発されている。

「摩羅詩力説」は一九〇八年、魯迅が二十六歳の時に発表された。そのテーマは、「汚濁の平和」の中に眠る人の魂を揺り動かし、その主体性を呼び覚ます「詩の力」を語ることにあった（以下、「摩羅詩力説」の訳文は、『魯迅と日本人』による）。

一八〇六年十月、ナポレオンはプロイセン軍を破り、翌年七月にプロイセンは和議を求めて従属国となった。「しかし、其の時ドイツ民族は、敗北と屈辱を受けたにもかかわらず、あくまで古代の精神の光輝を固く保って失わなかった」と魯迅は書く。この時、もちろん魯迅は列強に蹂躙《じゅうりん》される中国とプロイセンを重ね合わせていただろう。

そして一八一三年、プロイセン国王ヴィルヘルム三世は国民軍の編成を呼びかけ、「自由、正義、祖国の三つの事のために戦うと宣言」して対ナポレオン戦争に立ち上がる。

この時、ケルナーはウィーン国立劇場付詩人という名誉ある職をなげうって従軍し、二十一歳の若さで戦死した。

ほぼ同年輩のケルナーの死に接して、魯迅もいささか高音部でこう叫ぶ。

「ケルナーの声は即《すなわ》ち全ドイツ人の声である。ケルナーの血もまた全ドイツ人の血である。ゆえに、これをつきつめて論ずれば、ナポレオンを破りしものは、国家にあらず、皇帝にあらず、武器にあらずして国民である。国民がみな詩を持ち、国民がすべて詩人であったからこそ、ドイツはついに滅びなかったのである」

詩人についての魯迅の次の定義もいい。

「そもそも詩人とは人の心に抗《あらが》う者である。すべて人の、心に詩を持たない者はない。詩人の作る詩は、詩人だけのものではない。その詩を読んで心に会得した者は、自ら詩人の詩を持ったのである」

「天皇の後ろにおふくろがついてくる」

内外を問わず、詩人にとって「母」は鬼門である。魯迅に惹かれた詩人で作家の中野重治は母のことを詩《うた》わなかった。それについて私は、詩人の金時鐘《キムシジョン》との対話『「在日」を生きる』（集英社新書）で、こう指摘した。

「羽仁五郎が、『天皇の後ろにおふくろがついてくる』と言っています。つまり情感の話です。教育勅語的な家族主義が天皇制につながっていること、それが日本社会の思想風土としてあらかじめあることを言っているんだと思います。そう語った羽仁五郎が、中野重治は日本の詩人で唯一といっていいくらい、おふくろのことを書いていないと注目していました。ただ、中野重治の戦後の数少ない詩のなかに『その人たち』という作品があって、これはコミュニストとして苛烈に闘った息子や娘を持つ母を歌ったものだから、ある意味で日本的な『母もの』をひっくり返す内実を持っている。

やはり抒情《じょじょう》をいちばん安易に詠うのは母についてですよね」

魯迅流に詩人を「人の心に抗う者」とすれば、抒情に流されないために母に対抗しなければならないのは日本の詩人に限らない。

魯迅もまた、母との距離の取り方で苦しんだ。

一九〇六年の夏、日本留学中の魯迅に母危篤という緊急の手紙が届いて、急いで帰国すると、母は元気だった。親同士が決めた朱安と魯迅を結婚させるための口実だったのである。

魯迅は因習に抵抗しつつも、あえて、それを壊すことはせず、紹興の実家には四日間滞在しただけで日本に帰って来た。

自分の結婚が不本意なものだったため、魯迅は弟の周作人が羽太《はぶと》信子と恋愛で結ばれた時には大いに尽力している。魯迅は長男だったが、次男の周作人だけでなく、三男の周健人も信子の妹の芳子と結婚した。

母親を悲しませることなく、表面的とはいえ、朱安と結婚して因習の重荷を背負ったことで、以後、魯迅がそれとの闘いを終生余儀なくされたとも言えるだろう。

母と意識的に距離を取るかどうかは、詩人だけでなく、因習との闘いに立ち上がった者にとって決定的なポイントになると思われる。

たとえば保守思想に凝り固まった曽野綾子は、強圧的に母の愛を押しつける。

「もし息子が罪を犯したとき、世間がなんといおうと、あたしは、絶対息子がいいと言おうと思っている。子供が困ったとき、支持できるのは母親だけ。盲目的に支持していい人が、他にないでしょう。父親だって、ちょっと困る。母親が一番愚かしく、盲目的になっていい……。親というものは、子供にとって辱《はずか》しい困りものにちがいないでしょ。親は、困りものであっていいんじゃないかしら。あたしは、息子に対して親というものは不法な、理くつの通らぬものなんだから、覚悟しろっといった構えでいる」（佐高信『タレント文化人100人斬り』現代教養文庫）

理性の介入をゆるさぬこうした盲目的情念の氾濫の危険性を見ぬいて、先述したように羽仁五郎はこう言ったのである。

「中野重治をぼくはそれほど偉いとは思わないが、しかし彼はただ一点、母親についての詩を書いてないところは大したものだ。これは彼がほんとうの詩人だという証拠だと思う」（『箱舟の去ったあと――五木寛之討論集』講談社文庫）。

「革命」にとっての最大の障害物

一九七二年の連合赤軍事件で、浅間山荘にたてこもった「兵士」たちに向けて、警察が彼らの母親を連れて来て、息子たちに投降を呼びかけさせるという醜悪な一幕があった。仮に曽野綾子の息子がその一員だった場合、曽野がそれをも正当化するかどうかはわからない。

それはともかく、成人した息子に向かって母親を連れて来て声をかけさせるというのは、あまりにも日本的な喜劇的な光景ではないだろうか。

私は連合赤軍を肯定しないが、「革命」にとっての最大の障害物が母であることをあれほど図式的に示した一件もなかった。

　今《ママ》だにクリスマスのような新宿の夜
　一日中誰かさんの小便の音でも

聞かされているようなやりきれない毎日
（中略）
電気屋の前に30人ぐらいの人だかり
割り込んでぼくもその中に
「連合赤軍5人逮捕
　泰子さんは無事救出されました。」
金メダルでもとったかのようなアナウンサー
かわいそうにと誰かが言い
殺してしまえとまた誰か
やり場のなかったヒューマニズムが今やっと
電気屋の店先で花開く

これはフォーク歌手の友部正人が浅間山荘事件を歌った「乾杯」という詩である。私たちはこれ以後何度同じようにやりきれない〝ヒューマニズム〟に出会ったことか。友部の詩は、こうしたいわば〝欲求不満のヒューマニズム〟に鋭いナイフを突きつけたが、魯迅もまた、それらを大胆に切開した。その多くは母を起点に生まれる。

やはり、魯迅に傾倒したむのたけじは『詞集たいまつ』（三省堂新書）に「戦場で死んだ兵士は最後に『かあさん！』とよんだ。しかし母親のだれも、むすこのこえを聞いていない」と書いているが、二葉百合子が歌う「岸壁の母」に二度とならないために、日本の母親たちは何をしなければならないか……。

ある日の「朝日歌壇」には高島芳子という人のこんな歌が載っていた。

戦死せし父の顔さえ知らぬ子の
短き母の青春を問う

第六章　魯迅とニーチェの破壊力

ニーチェの「超人」思想に惹かれた魯迅

私にとって魯迅はニーチェと共にやって来た。学生時代に、ほぼ同時にその思想に触れたのである。それだけに魯迅が少なからずニーチェの影響を受けたと知った時は、なるほどと思った。そのニーチェの理解に、前記の斎藤「野の人」や、兄の高山樗牛が介在している。

因習と迷信に沈む中国の民衆を前にして、魯迅はニーチェの「超人」思想に強く惹かれたに違いない。

もちろん、いろいろと違いはあるのだが、そのエネルギーの発露と破壊力において、魯迅とニーチェの共通点は、青年期の私の中で重なっていた。

魯迅とニーチェは青年期の私の中で重なっていた。

魯迅とニーチェは、腐敗した秩序をも維持させてしまう通俗道徳に爆薬を仕掛けたことだろう。

西部邁《にしべすすむ》との『思想放談』(朝日新聞出版)でニーチェについて語った時、私はニーチェを「狂気を捉える狂気の思想家」と規定した。魯迅には「狂人日記」という作品があるが、現状固定の道徳破壊のためには、共に狂気さえも排さなかったということである。

試みに秋山英夫訳編の『愛と悩み――ニーチェの言葉』（現代教養文庫）を開くと、魯迅の言葉と見まがうニーチェの言葉が並んでいる。そのいくつかを紹介していこう。

○悪とは何か。――弱さに由来する一切のもの。

○攻撃する勇気は。それはさらに死をさえ打ち殺す。なぜならそれはこう語るからだ、「これが人生であったか？　よし！　もう一度！」と。

○私は人間ではない、ダイナマイトだ――（中略）私は「信者」を欲しない。思うに私は私自身を信じるにさえ、あまりに意地悪だ。私は決して大衆には語らない……

○どれほど深く悩みうるかということが、ほとんど人間の位階を決定する。

○人間だけが深く悩む、だから彼は笑いを発明せざるをえなかったのだ。

○すべて偉大なものは市場と名声に背をむける。新しい価値の創造者はいつでも市場と名声から離れて住んでいた。

○身振りの激情《パトス》は偉大の属性ではない。およそ身振りを必要とする者は、贋物《にせもの》である……あらゆる絵画的人間を警戒せよ！

○君たちが絶望していること、そこには多くの尊敬すべき点がある。なぜなら、君たちは屈従することを学ばなかったからだ。

○満足は風邪からさえ人を守る。いい衣裳《いしょう》を着ていると意識している女が、風邪をひいたためしがあるか。

○怪物と戦う者は、そのさい自分が怪物にならぬように気をつけるがいい。長い間、深淵をのぞきこんでいると、深淵もまた、君をのぞきこむ。

○抗議や横車やたのしげな猜疑《さいぎ》や嘲弄癖は、健康のしるしである。すべてを無条件にうけいれることは病理に属する。

○生きるとは何のことか――生きるとは――死にかけているようなものを、たえず自分からつきはなして行くことだ。

書き写していると違うようにも思えてくるが、しかし、弱さに安住するな、死にかけているようなものを自分から突き放せといった指摘は、魯迅とニーチェに共通するものだろう。抗議や猜疑は健康の証《あかし》であり、多数への屈従こそが不健康な病気だという箴言《しんげん》も、魯迅と重なる。

流産を悲しむな、それは産めるということの証明だという魯迅の逆説的な言葉も、ここで思い出される。

「昼の光に夜の闇の深さがわかるものか」

前掲の『思想放談』の中で、私はニーチェについてこう言った。

「ヨーロッパのキリスト教の厚みのある影響力のなかで、彼は『神は死んだ』と叫ぶわけでしょう。アメリカとはちょっと違いますよね。それから『昼の光に夜の闇の深さがわかるものか』という言葉。これも酔うようにして時々使います。これは人間の狂気みたいなものを摑《つか》んで、手裏剣のように投げてくるところがありますね」

それに対して西部は、

「これは褒め言葉ですが、確かに佐高さんの言動には、ふと狂気の影が走る時がある。宿すとまでは言わないけれど、走る時がありますね」

と返した。

もちろん私にそんな自覚はないが、私は、

「西部さんにそう言われれば、本望ですよ」

と笑ったのである。

たびたび言及するように、ニーチェがキリスト教の神を殺したのと同じく、魯迅は東洋の圧倒的な儒教（道徳）の厚みの中で、それに反逆した。そのエネルギーを魯迅はニーチェからくみとったのではないかと私は密《ひそ》かに思っている。

魯迅やニーチェに比して、ずいぶんと軽やかなアフォリズムをつくりだしたのが芥川龍之介だった。

その芥川の「鼻」を魯迅が翻訳している。

魯迅は一九二一年に「阿Q正伝」を発表して人気作家となったが、「鼻」の他にも、日本の小説を幾編か翻訳して新聞に掲載しているのである。ペンネームでの発表だった。

一九二三年に芥川は『北京週報』の取材を受けて、この訳文について聞かれ、

「自分の心地がはっきりと現れていると喜び驚いた」

と答えている。しかし、その訳者である魯迅と会おうとは思わなかった。

譚璐美《たんろみ》は「魯迅、蔣介石《しょうかいせき》の愛した日本」が副題の『戦争前夜』（新潮社）で、この逸話に触れ、「もし芥川龍之介と魯迅が会っていたら、いったいどんな話をしていただろうか」と書いている。

第七章　死の三島由紀夫と生の魯迅

生よりも死を重視する人たち

二〇一八年一月二十一日に西部邁が自死した時、保守の作家や思想家は生よりも死に重点を置くんだなと思った。「保守の西部、リベラルの佐高」と対比されて対談を繰り返す中で、たとえば三島由紀夫への違和感を共有して、違いよりも共通点を見出《みいだ》すことが多かっただけに、西部の自死は、西部もやはり、〝三島組〟の人だったのか、と少なからず突き放された感じをもったのである。

そう言えば、江藤淳も自裁した。醜い姿、あるいは年を取って無様な姿を見せたくないというのはわかる気もするが、生よりも死を重視して自死に至るのは、やはり保守派に共通するものなのではないか。

それは「散華」と称して特攻隊員を死なせた国にとって、歓迎すべき考え方だろう。国よりも民、死よりも生および生活と明確に主張する点で、魯迅は三島と決定的に対立する。

魯迅は『魯迅選集』第十二巻（松枝茂夫訳、岩波書店）所収の「死」という文章に、次のような箇条書きの遺書を残した。

一、葬式のためには、誰からも、一文たりとも受け取ってはならない。――ただし、古くからの友人のは、この限りにあらず。
二、さっさと棺《ひつぎ》に納め、埋め、片づけてしまうこと。
三、記念に類することは、一切やってはならない。
四、私を忘れ、自分の生活のことを考えること。――さもなくば、それこそ大馬鹿者だ。
五、子供が大きくなって、才能がないようだったら、つつましい仕事を求めて世すぎをさせよ。絶対に空虚な文学者や美術家になってはならぬ。
六、他人が与えるといったものを、当てにしてはならぬ。
七、他人の歯や眼《め》を傷つけながら、報復に反対し、寛容を主張する人間には、絶対に近づいてはならぬ。

この中の、特に三に私は打たれる。「記念に類することは、一切やってはならない」である。

魯迅は死を美化してはいない。野垂れ死ぬより野垂れ生きることをさえ主張している。たとえば『彷徨』に収められている「孤独者」という作品で、

「ぼくは……もうしばらく生きていたい……」

と作中人物に言わせ、こう呟《つぶや》かせる。

「むかしは、人も、ぼくがもうしばらく生きることを希望したし、ぼく自身も生きたいと思ったが、生きられなかった。今では、そんな必要はなくなったのに、生きられる……」

三島は太宰治を嫌悪したが、太宰の中に野垂れ生きる精神を見たからではないか。

もちろん、生を絶対化すると、どんなことをしてでも生きることがいいことだとなってしまう。そうではなくて、生に重心を置くということは暮らし、すなわち日常を大切にするということである。あるいは、平凡をいつくしむ。

死をキイワードにした三島に対して、魯迅は生をキイワードにした。

魯迅の手紙の一節にこういうのがある。

「もし虎にぶつかったら、木へよじ登って、虎が腹をすかして立ち去ってから降りてきま

す。もし虎がいつまでも立ち去らなかったら、自分も木の上で餓死するまでですが、その前に自分を紐《ひも》で木へしばりつけて、屍体《したい》だって絶対にくれてやりません」(『両地書』)
これは潔くは死なないという思想である。死は決して潔いものではない。死を潔いとするのはエリートの思想であり、魯迅はそれに対して、泥まみれになっても生きてやる、と打ち返した。
ちょっと横道に逸《そ》れるが、私は『夕刊フジ』でデビューした。産経グループながら、サラリーマンの味方を標榜《ひょうぼう》する同紙には最初、並々ならぬ反骨精神があった。当時の編集局長の馬見塚達雄は魅力のある人だったが、その著『「夕刊フジ」の挑戦――本音ジャーナリズムの誕生』(阪急コミュニケーションズ)に「夕刊フジの姿勢を決めた三島事件」として、こう書いている。
三島が自衛隊に乱入して割腹自殺した翌日、同紙は「その美意識はわれわれにはまったくかかわりのないものであり、個人的な観念の遊びの域を脱して、実社会に割り込まれたのではたまらない」と突き放した。そして、「月賦で買ったマイカーでドライブを楽しむサラリーマン、やりくりをしてマイホームのために貯金をする妻」が営む「家庭のあたたかさ、かなしみ、そのほんとうの味わいは三島にはわからなかったのだ」と断罪し、「〝狂った喜劇〟でしかない」と結んだのである。

現在の『夕刊フジ』はむしろ三島側に寄っているが、出発時のこうした初心を忘れてしまったのだろう。

三島自裁の裏側にあったもの

ここで、死を美化する三島の裏側にあった経緯にも触れておかなければならない。

石原慎太郎の『わが人生の時の人々』（文春文庫）によれば、「楯《たて》の会」を結成して死ぬことばかり話していた三島について、石原が大岡昇平に「どう思うか」と尋ねると、大岡は天を仰いで長嘆息して、

「あの人は、日増しに喜劇的になっていくなあ」

と呟いたという。

十七歳で海軍に志願して少年兵となった城山三郎は三島より二歳下だが、三島のことを、

「本来は戦争に行かなければならん人だね」

と言った。

運動神経が鈍く、虚弱だった三島は徴兵検査で第二乙種となる。辛くも合格とはいえ、ほとんど徴兵されることはないと思われたが、戦局の逼迫《ひっぱく》と共に入隊検査を受けることになった。

しかし、風邪をひいて高熱だったために、肺浸潤と診断され、即日帰郷を命ぜられる。

その後の様子を、付き添って行った父親の平岡梓《あずさ》が『伜《せがれ》・三島由紀夫』（文春文庫）にこう書いている。ちなみに三島の本名は平岡公威《きみたけ》である。

「門を一歩踏み出るや伜の手を取るようにして一目散に駈《か》け出しました。早いこと早いこと、実によく駈けました。どのくらいか今は覚えておりませんが、相当の長距離でした。しかもその間絶えず振り向きながらです。これはいつ後から兵隊さんが追い駈けて来て、『さっきのは間違いだった、取消しだ、立派な合格お目出度う』とどなってくるかもしれないので、それが恐くて恐くて仕方がなかったからです。『遁《に》げ遁げ家康天下を取る』で、あのときの逃げ足の早さはテレビの脱獄囚にもひけをとらなかったと思います」

この件について西部は私に、

「お父さんが裏で手を回したという説もあります」

とも言った。『映画芸術』二〇一七年夏号の対談である。

西部と私の共著『難局の思想』（角川ｏｎｅテーマ21）所収の三島論で私が、

「三島由紀夫が好きな人というと、たとえば沢木耕太郎なんていう人とか、猪瀬《いのせ》直樹なんていう人が『三島、三島』というので、私はちょっと苦手な傾向があります（笑）」

と切り出すと、西部は、

「僕は、三島は嫌いっていうか、苦手なんですね。三島由紀夫を比較的好きな人がいまもまわりに多く、冗談で言えば不幸な人生ですけど（笑）、そういう人たちとはすごく気をつけて付き合っています。実は学生運動をやっていたときも、三島由紀夫を好きな運動家とか指導者が多かった。そういう人たちともずっと意見が合わないということもあって、なるべく小説も評論も読みたくないと思っていた。だからいい読者ではなかった」

と述懐した。

いわゆる右翼を西部は単細胞な反左翼として遠ざけていたが、しかし、取り巻く人には三島好きが多かったのだろう。

三島は市ヶ谷の自衛隊のバルコニーに立って、

「人の命以上に尊いものはないのか」

と隊員をアジったが、徴兵検査の一件を知ると、そのコンプレックスから三島は派手派手しい愛国運動に奔ったのではないか、と思えてくる。

過酷な軍隊体験をした城山は、

「戦争はすべてを失わせる。戦争で得たものは憲法だけだ」

と繰り返し語ったが、それを体験しなかった三島は憲法を批判し、自衛隊員に決起を呼びかけて無視され、自決した。一九七〇年十一月二十五日のことである。

あまりに対照的だと思うが、その三島を韓国の抵抗詩人、金芝河《キムジハ》が「アジュッカリ神風」(『長い暗闇の彼方に』所収、渋谷仙太郎訳、中央公論社)という詩で、次のように喝破したのも忘れられない。

どうってこたあねえよ
朝鮮野郎の血を吸って咲く菊の花さ

かっぱらっていった鉄の器を溶かして鍛えあげた日本刀さ

前掲の『難局の思想』で私は三島を「形式に生き、形式に死んだ男」と規定し、「惑溺からは逆に遠い人」と指摘した。遠かったのに自らも惑溺し、他の人をも惑溺に巻き込もうとしたのである。

三島が自決した時、当時の防衛庁長官、中曽根康弘は「狂気の沙汰」と非難し、首相だった佐藤栄作も「考えられない」と批判した。それまでは三島を持ち上げていたのに、あわてて追いやる側にまわったのである。

日常生活は惑溺していては送れない。惑溺させる側からの絶えざる誘惑から離れて生活はあるということを魯迅は主張した。それは三島と対比すると、よくわかるのである。

惑溺を装いつつ、あるいは自らを惑溺していると信じさせつつ、三島は森田必勝《まさかつ》という青年と一緒に割腹自殺した。その介錯《かいしゃく》をした青年を含めて、「楯の会」の会員らは以後、時計が止まったような人生を送らなければならなかった。

西部もまた、自裁の土壇場で一人ではなかった。二人の人間を自殺幇助《ほうじょ》という形で巻き添えにしたのである。

三島や西部の死を完結させるために、この人たちの生は犠牲にされたと言わざるをえない。

魯迅はこうしたことを許さなかった。花に注目するのではなく、花が咲くためには葉や茎や根が必要なのだと指摘し、花とそれらを均等視する魯迅の思想は、そうした意味で、三島の考え方や生き方、つまり思想と行動の対極に位置するのである。

第八章　夏目漱石への傾倒

漱石の旧居に住んだ魯迅

魯迅が東京留学中に友人と共に漱石の旧居に住んだことはよく知られている。日本の作家の中で、魯迅は唯一、漱石にだけは傾倒したと言う人もいる。

では、漱石の何に惹かれたのか?

私はその諧謔《かいぎゃく》に共感したのではないかと思う。共にユーモアの風が吹いているのである。

笑いと言ってもいいが、笑いは自分を高く置くものからは生まれない。自分を権威と錯覚する者は笑いを産み出せないのである。

魯迅の弟の周作人は「作風は似ていないが、諷刺《ふうし》的筆致の軽妙さは漱石から影響を受けた」と魯迅について言っている。漱石は落語が好きだった。魯迅の愛読した『吾輩は猫である』に落語との関わりを見る人は、作家の小林信彦はじめ少なくない。

漱石の句に「時鳥《ほととぎす》厠《かわや》半ばに出かねたり」があるが、これは当時の首相、西園寺公望《さいおんじきんもち》が文士たちを招いて会をやろうとした時に出した断りの手紙の最後に記したものである。

漱石は博士号を授与すると言われた時も断っている。

その意味では陸軍軍医総監にまでなった森鷗外とは対照的だろう。

「某《それがし》は案山子《かかし》にて候雀《すずめ》どの」という句も漱石はつくっているが、こうした姿勢にも魯迅は共鳴したに違いない。

そしてまた、俗を排さない点にも魯迅は学んだ。理念だけでは人は生きない。経済、俗に言えばカネと無縁には生きられないという考え方も、漱石に触発された。

一九二三年十二月二十六日に魯迅が行った講演「ノラは家出してからどうなったか」で、ノラは「理屈からいえば堕落するか、戻ってくるか」の二つの路《みち》しかない、と言っている。

そしてこう、続けているのである。

「金銭——高尚な言い方をすれば、つまり経済ですが、それがいちばん大切です。もちろん、自由は金で買えるものではありません。しかし、金のために売ることはできるのです。人類には、ひとつ大きな欠点があります。絶えず腹がへることです。この欠点を補うためには、傀儡《かいらい》にならぬようにするためには、現在の社会にあっては、経済権がもっとも大切なものとなります。第一に、家庭内において、まず男女均等の分配を獲得すること、第二に、社会にあって、男女平等の勢力を獲得することが必要です。残念ながら、その権力がどうやったら獲得できるか、ということは、私にはわかりません。やはり闘わなければならない、ということがわかっているだけであります。そして、それには、あるいは参政権を要求するより、もっと激烈な戦闘が必要であるかもしれません」

おカネの問題を無視し、自己の小さな世界だけを描いてきた私小説が主流を占めた日本の文学に反逆するように経済小説というものが生まれた。漱石はこの面でも先駆者である。漱石の問題意識を受け継ぐように横光利一は『考へる葦《あし》』（創元社）所収の「覚書」にこう書いた。

「漱石は金を欲しくて書いた作品が、今から思ふと一番良いと言つたといふ。このやうな逆説も口にすれば今なほ汚くなるのはやむを得ないが、日本文学も愈々《いよいよ》金銭のことを書かねば近代小説とは言ひ難くなつて来た」

そして、「ヨーロッパの知性とは、金銭を見詰めてしまつた後の知性」であるのに、「日本の知識階級の知性は利息の計算を知らぬ知性である」と喝破したのである。

同じ作家として、魯迅は漱石の苛立ちを共有していたと思われる。

学者や芸術家のような、漱石の言う〝道楽的職業〟は別として、製造業にしてもサービス業にしても、ビジネスは普通、他人のためにモノを造ったり売ったりする「他人本位」の仕事である。そして否応《いやおう》なくビジネスマンは金銭を見詰めさせられる。しかし、横光の鋭い指摘の後も、日本の小説の世界には、作家が自分の私生活を描く私小説に代表されるように、「自己本位」の道楽的職業生活者しか登場しなかった。

道楽的職業でないビジネスは、他人のためにモノを造ったり売ったりするのだから、どうしても「自己を曲げる」ということが出てくる。そして、「会社」という組織の中で虫の好かない奴とも協力して仕事をやらなければならない現代のビジネスマンは、二重に自己を曲げざるを得ない。

しかし、こうした屈折を、これまでの、いわゆる純文学作家たちは完全に見落としていた。「売れないのが純文学で、売れるのが大衆文学か」と梶山季之《かじやまとしゆき》は皮肉ったといわれるが、純文学は〝他人本位の屈折〟を経たことのない作家たちのギルド的文壇文学だったのである。

「他人本位」を知らない「自己本位」とか、肝心の自己のない「自己本位」とか、漱石の主張を基底に、日本の文壇ではさまざまな論争が交わされたが、日本と中国と位相がかなり違うとはいえ、魯迅はその影響を確かに受けた。おカネを卑しいとする儒教道徳は、むしろ、日本より中国の方が強かったからである。

もちろん、私は金銭に背を向け、反俗的姿勢をとることによって、鋭く「現実」を批判したいくつかの純文学作品の功績を否定するつもりはない。ただ、醜悪な現実を見ないようにして、ひたすら自己の内面を掘り下げる態度がマンネリ化し、いわばラッキョウの皮むきに似た作業になったとは言えるだろう。多くの作品が「社会」から離れ、「現実」を映すことがなくなってしまったのである。

馬ではなく牛になれ

漱石が感じていた日本の近代小説および近代への不満を魯迅もまた感じとっていた。漱石の苦悩を、魯迅は自分の苦悩としていたとも言える。しかし、共に苦悩を苦悩として表現することを嫌った。独特の諧謔はその葛藤から生まれたのである。

飯沢匡《ただす》に『武器としての笑い』（岩波新書）という本がある。

そこに「笑いにとって孔子は大きな敵なのである。論語を読んでもユーモアはどこにもない」と書いてある。そして、徳川時代に儒教的思考を植えつけられたサムライたちに笑いはなく、笑いの花は町人文化に咲いたが、「それはいわば検閲外あるいは検閲の目の行き届かなかったお目こぼし地帯にあったものである」と指摘されている。

やはり、孔子を「大きな敵」とした魯迅の大いなる共感を呼ぶ指摘だろう。

さらに「今日でも江戸の指導階級、サムライたちの儒教的思考を受けついだ政治家たちは笑いに対して鈍感である。何を笑うかという勉強より、笑われまいという努力に力点がかかっている」と、それこそ、その鈍感さを笑っている。ここでは、「嗤《わら》う」という漢字を使うべきだろうか。

漱石は、私なりに形づくっていた漱石像を覆すような発言もしている。しかし、それは改めて考えてみれば、私なりのそれが浅かったからに過ぎないからかもしれない。

小宮豊隆、安倍能成《よししげ》、そして、和辻哲郎らは漱石の弟子と目されるが、安倍との対談で、安倍がエゴイズムはよくないもののように思う、少なくともそれを貫き通してはならないのであって、どこかで制限しなければと発言したのに対して、漱石は「おれは自分の娘が一つ目小僧になっても驚かないような人間になりたい」と応じているのである。ドキリとさせられる呟きだろう。ここに弟子たちと違って漱石の作品が説教臭くならない秘密がある。

江藤淳は、あまりに漱石をありがたがる小宮をからかって、「漱石神社の神主さん」と呼んだ。しかし、偶像視されることを当然と考えるような人間は一つ目小僧云々《うんぬん》とは言わない。道徳臭を排する点でも漱石と魯迅は共通していた。

随筆家の岡部伊都子が『週刊金曜日』一九九五年十二月二十二日号の「魯迅を読む」特集に「詩に貫かれて」という一文を寄せている。

『魯迅選集』第一巻を手に取り、『吶喊《とつかん》』、その「自序」、「狂人日記」と読み始めると——。「もう、その文章の至るところが生きて骨をかんでくる。われか、ひとか、自分の通った心のうめきが新しくふきあがってくる」

と書いている。

「今夜は月がいい」

「月がなかった」

こう読むだけでもドキンとするのだという。

「詩が志であり、時に死であるとは金芝河氏の言葉だが、『魯迅選集』には引用し切れぬ生きた詩、詩の死の例が渦まいている。

思えば三〇年来心疲れた病床で頁をめくって学び、自嘲し、あこがれの人びとを読んで安らぎを与えられ励まされてきた」

そんな岡部が魯迅を「迅あんさん」と呼んでいるのに意表をつかれた。

しかし、その呼び名こそ魯迅にふさわしいのだろう。漱石が神に祭り上げられることを嫌ったように、魯迅もまた「先生」と奉られるのは苦手だった。

その姿勢はまさにその思想から出ているのである。

漱石が弟子筋の芥川龍之介と久米正雄に出した手紙がある。

「牛になる事はどうしても必要です。吾々《われわれ》はとかく馬にはなりたがるが、牛には中々なり切れないです。僕のやうな老猾《ろうかつ》なものでも、只今牛と馬とつがつて孕《はら》める事ある相の子位な程度のものです。あせつては不可《いけま》せん。頭を悪くしては不可せん。根気づくでお出でなさい。世の中は根気の前に頭を下げる事を知つてゐますが、火花の前には一瞬の記憶しか与へて呉《く》れません。うん〳〵死ぬ迄《まで》押すのです。それ丈です。（中略）何を押すかと聞くなら申します。人間を押すのです。文士を押すのではありません」

馬ではなく牛になれ、文士を押すのではなく人間を押せというこの手紙は、魯迅が妻となる許広平との手紙の遣り取りをまとめた『両地書』を連想させないだろうか。

第九章　中野重治と伊丹万作の魯迅的思考

『村の家』と転向

魯迅の影響を受け、魯迅的思考をして〝日本の魯迅〟と呼ばれた作家やジャーナリストの中で、私は中野重治、竹内好、そして、むのたけじに注目したい。その他、佐藤春夫や太宰治、あるいは堀田善衞《ほったよしえ》の名を逸することができないかもしれないが、中野、竹内、むのは私にとって、切実に生き方に関わって読んだからである。

中野に『村の家』という作品がある。共産党に入って監獄に入れられていた主人公の高畑勉次が、いわゆる転向をして、父親の孫蔵のいる家に帰って来る。

「三町足らずの自作兼小地主」の孫蔵は、「共産党が出来るのは当りまえ」と考え、息子が刑務所に入ったことに何ら引け目を感じない人間だったが、しかし、その夢見ていることを「甘い」とは思っていた。

それで、こう語る。

「おまえがつかまつたと聞いたときにや、おとつつあんらは、死んでくるものとしていつさい処理してきた。小塚原《こつかつぱら》で骨になつて帰るものと思て万事やつてきたんじや」

それなのに共産党を捨てたという。ならば当然、「日本の天皇」に忠誠を誓う立場に戻るものと孫蔵は思って、

「これから何をしるんか」

と勉次に尋ねる。

黙っている息子に、

「おとつつあんは、そういう文筆なんぞは捨てべきじやと思うんじや」

と提案し、いま一度、

「どうしるかい」

と問いかける。

それに対して勉次は重い沈黙の後に、

「よくわかりますが、やはり書いて行きたいと思います」

と答えるのである。

ここに私は魯迅的思考を見た。「やはり」と中野は言い続ける。この「やはり」が魯迅的思考だと私は言いたい。

学生時代から読んでいた中野の作品を、私は特に郷里に帰って教師になったころ、貪《むさぼ》るように読んだ。当時、中野は『展望』に随筆を連載していたが、次のような背景もあって身に迫る勢いで熟読した。

そのころ山形県高等学校教職員組合（山形高教組）は、主流派が日本社会党で反主流派が共産党だった。しかし、主流派は賃上げ闘争に終始して教育闘争に熱心でなく、それに不満を持って組合活動をしていた私は、県の教育委員会からは反主流派の共産党員もしくはその同調者と見られていた。

私の所属する山形高教組田川支部の仲間が僻地《へきち》教育を続けたいというのに、地域のボスは彼が偏向教育をやっているとして配転しようとし、それに対する闘争が立ち上がった時、主たる活動家八人のほとんどが共産党員という状況だったからである。

闘争会議が終わると、たいてい、私への入党勧誘が始まる。それは二十代前半の私が辟《へき》易《えき》するほど熱心だったが、私は、好きな作家の中野重治や、山形出身の生活綴《つづり》方《かた》運動の先駆者、国分《こくぶん》一太郎を除名するような党には入れないと抵抗した。

多分、先輩教師たちも中野や国分に惹かれていたのだろう。それ以上は勧誘されなかった。

「戦争責任者の問題」

魯迅は「阿Q正伝」で、被害者が加害者となる状況を描いた。あるいは、いつのまにか加害者とされる被害者を描いた。

この問題に関連して私は伊丹万作の「戦争責任者の問題」を読んだ時の衝撃を忘れることができない。

映画監督の伊丹は俳優の伊丹十三と作家の大江健三郎夫人ゆかりの父親である。ここに大江の編で出た『伊丹万作エッセイ集』（ちくま学芸文庫）がある。「戦争責任者の問題」も入っているが、中に「伊丹万作について」と題して中野重治が書いている。

そこで中野は伊丹の次のような言葉を紹介する。

「タトエバ佐倉宗五郎ハ、考証史家ノ間デハ実在ノ人物デナイコトニナッテイル。シカシ、アノヨウナ伝説ヲ作リ上ゲタ封建治下ノ民衆ノ心ヲ考エルトキ、我々ハ一宗五郎ノ存在ヲ超エタ歴史的真実ヲ読ミ取ルコトガデキル。スナワチ宗五郎ヲ抹殺スルコトニヨッテ歴史的事実ノ詮索ハ一歩ヲ進メタカモ知レヌガ、歴史的真実ハ必ズシモ満足シナイ」

魯迅流に言えば、真実は虚構を通して語られるということだろう。そして、宗五郎を抹殺したいのは誰かということである。

「『病的な美しさ』――そんなものがあるものか。ふざけるなといいたい」

「芸術のことなど少しもわからない金持ちが名画や古陶器などを持っているのは、これは所有であろうか。否。所有ではない。本当の所有に対する妨害である」

こうした伊丹の言葉に私は魯迅の影響を見る。伊丹は中野を通して魯迅を吸収したと私は思うのである。

その真骨頂が「戦争責任者の問題」だろう。これは『映画春秋』の一九四六年八月号に掲載された。伊丹はこの年に亡くなっているから遺言のようなものである。

「我々は、はからずも、いま政治的には一応解放された。しかしいままで、奴隷状態を存続せしめた責任を軍や警察や官僚にのみ負担させて、彼らの跳梁《ちょうりょう》を許した自分たちの罪を真剣に反省しなかったならば、日本の国民というものは永久に救われるときはないであろう」

このように問題を設定して、伊丹は本当に「だまされた」のか、と問いかける。

「多くの人が、今度の戦争でだまされていたという。みながみな口を揃《そろ》えてだまされていたという。私の知っている範囲ではおれがだましたのだといった人間はまだ一人もいない。ここらあたりから、もうぼつぼつわからなくなってくる。多くの人はだましたものとだまされたものとの区別は、はっきりしていると思っているようであるが、それが実は錯覚らしいのである。たとえば、民間のものは軍や官にだまされたと思っているが、軍や官の中へはいればみな上のほうをさして、上からだまされたというだろう。上のほうへ行けば、さらにもっと上のほうからだまされたというにきまっている。すると、最後にはたった一人か二人の人間が残る勘定になるが、いくら何でも、わずか一人や二人の智慧で一億の人間がだませるわけのものではない」

確かにそうだろう。そう前提して伊丹はさらに問い詰める。

「すなわち、だましていた人間の数は、一般に考えられているよりもはるかに多かったにちがいないのである。しかもそれは、『だまし』の専門家と『だまされ』の専門家とに劃《かく》然《ぜん》と分れていたわけではなく、いま、一人の人間がだれかにだまされると、次の瞬間には、もうその男が別のだれかをつかまえてだますというようなことを際限なくくりかえしていたので、つまり日本人全体が夢中になって互にだましたりだまされたりしていたのだろうと思う」

この状況を小説化したのが「阿Q正伝」であり、それを評論という形で描いたのが「戦争責任者の問題」であるとも言える。いわば「阿Q正伝」の日本編である。魯迅には「奴顔」というコトバがあるが、どちらが奴隷の度が強いかは、ここでは問うまい。

そして伊丹は論を進める。

「だまされたということは、不正者による被害を意味するが、しかしだまされたものは正しいとは、古来いかなる辞書にも決して書いてはないのである。だまされたとさえいえば、いっさいの責任から解放され、無条件で正義派になれるように勘ちがいしている人は、もう一度よく顔を洗い直さなければならぬ。

しかも、だまされたもの必ずしも正しくないことを指摘するだけにとどまらず、私はさらに進んで、『だまされるということ自体がすでに一つの悪である』ことを主張したいのである。

だまされるということはもちろん知識の不足からもくるが、半分は信念すなわち意志の薄弱からもくるのである。我々は昔から『不明を謝す』という一つの表現を持っている。これは明らかに知能の不足を罪と認める思想にほかならぬ。つまり、だまされるということもまた一つの罪であり、昔から決していばっていいこととは、されていないのである」

この伊丹の指摘に「厳しすぎる」と不満をもらす人もいるだろう。しかし、ニーチェが「弱さに由来する一切のもの」と悪を規定したように、ここから反撃しなければ、被害者は永遠に被害者となってしまう。

そして伊丹は「弱さ」にトドメを刺すように、この卓論、もしくは激論を結ぶ。

「そしてだまされたものの罪は、ただ単にだまされたという事実そのものの中にあるのではなく、あんなにも造作なくだまされるほど批判力を失い、思考力を失い、信念を失い、家畜的な盲従に自己の一切をゆだねるようになってしまっていた国民全体の文化的無気力、無自覚、無反省、無責任などが悪の本体なのである」

「『だまされていた』という一語の持つ便利な効果におぼれて、一切の責任から解放された気でいる多くの人々の安易きわまる態度を見るとき、私は日本国民の将来に対して暗澹《あんたん》たる不安を感ぜざるを得ない。

『だまされていた』といって平気でいられる国民なら、おそらく今後も何度でもだまされるだろう。いや、現在でもすでに別のうそによってだまされ始めているにちがいないのである。

一度だまされたら、二度とだまされまいとする真剣な自己反省と努力がなければ人間が進歩するわけはない。この意味から戦犯者の追及ということもむろん重要ではあるが、それ以上に現在の日本に必要なことは、まず国民全体がだまされたということの意味を本当に理解し、だまされるような脆弱《ぜいじゃく》な自分というものを解剖し、分析し、徹底的に自己を改造する努力を始めることである」

伊丹のこの論を題材に、私はジャーナリストの魚住昭と『だまされることの責任』（角川文庫）という対談をした。

魚住はその「おわりに」で、この論の次の箇所に「心をゆさぶられた」と告白している。

「少なくとも戦争の期間をつうじて、だれが一番直接に、そして連続的に我々を圧迫しつづけたか、苦しめつづけたかということを考えるとき、だれの記憶にも直《す》ぐ蘇《よみがえ》ってくるのは、直ぐ近所の小商人の顔であり、隣組長や町会長の顔であり、あるいは郊外の百姓の顔であり、あるいは区役所や郵便局や交通機関や配給機関などの小役人や雇員や労働者であり、あるいは学校の先生であり、といったように、我々が日常的な生活を営むうえにおいていやでも接触しなければならない、あらゆる身近な人々であったということはいったい何を意味するのであろうか」

そして、また、だまされるという「彼の予言は不幸にして的中したと言わざるを得ない」と結んでいる。

第十章　久野《くの》収《おさむ》と竹内好の魯迅理解

竹内の思想の核

二〇〇五年に影書房から出た『竹内好集』の表紙に魯迅の似顔絵が載っている。まるで『魯迅集』のようである。

「魯迅の目に、日本文学は、ドレイの主人にあこがれるドレイの文学とみえていたのではないか」と喝破した竹内を介して私は魯迅の思想に触れた。

戦後まもなく竹内は「中国の近代と日本の近代」と題した評論を発表している。副題が「魯迅を手がかりとして」。

中国文学者でありながら思想家とも言えた竹内の思想の核にあったのは魯迅だった。

竹内は一九七七年三月三日に亡くなった。その通夜の席で、遺体を前にわが師の久野収は号泣したといわれる。同じ一九一〇年生まれの竹内は、久野にとって、深く頼みとする友だった。

虎穴に入らずんば虎児を得ずというように、ナショナリズムにこだわる竹内と、インターナショナルな立場でナショナリズムを開こうとした久野とは、その思想と行動において重心の置き方が違っていた。しかし、だからこそ、互いに頼みとし合ったのだろう。

一九五六年に出た『魯迅選集』（岩波書店）別巻『魯迅案内』所収の座談会「魯迅の思想と文学」（佐々木基一、武田泰淳、久野、竹内）で、久野は、魯迅に一番打たれるのは深いユーモアがあることだと言い、さらにこう指摘している。

「自己批判の顔をうつす鏡として農民が出てくるが、自分の顔をうつすことによって、鏡としての農民のユガミも明らかになるといった感じです。反映と批判の非常に個性的なからみあいが、魯迅の本領のような気がします」

まったく魯迅については素人と言いつつ、まさに魯迅の本質を衝《つ》いている。

「魯迅の評論のスタイル、論争態度などについてお話し願いたい」

と竹内に促されて、久野は続ける。

「最近気になっていることですが、日本ですと、言論でこれだけいっているのに支配者側はさっぱり聞かぬ、すぐ言論は無力だ、ということをしきりにいうでしょう。しかし魯迅の場合、政治と、言論や文学というものは峻別《しゅんべつ》している。峻別しながら、政治がどうすることも出来ぬ文学や言論の役目を深く信じ、文学には政治がひっくり返し得ない政治的役割というものがあり、ねばり強くやりつづけることで必ず政治的なものに、ある段階へ行くと政治的影響力に転化する、という気魄《きはく》があるわけですね。われわれはしきりに紙の弾丸《たま》を打っていて、少し当りが鈍いと、すぐこれは暗黒だとか、言論は無力だとかさわぐけれども、これは魯迅にとってはわかりきったことであって、それはいう方が野暮だ。紙の弾丸は直接には実弾に勝てはしない。しかし紙の弾丸はきたえぬいてあくまで打ちつづければ、実弾の打ち手に必ず命中し、影響する。政治と文学とを峻別する。同時にそれだけじゃなしに、非政治的なものが必ず政治的なものへ転化せずにはやまないという信念。それをどこまでも、あらゆる場合に貫こうとする気魄というものが、やっぱり違うんですね」

久野は多分、竹内の中に魯迅を見て、こう言っているのだろう。あるいは、魯迅の中に竹内を見てと言った方がいいか。

そのためか、ある意味で竹内以上に鋭く魯迅を語っている。

「素人で分らんけれども、魯迅というのは、終生、やはりノンコンフォルミストであったという気がする。魯迅的ノンコンフォルミスムの特色は、オーソドックスにたえず反抗するだけではなく、その反抗のフォームがマンネリズムになることにもたえず反抗する点にある。旧文明の権威にたえず立ち向うのみならず、新文明を作る場合の自分のマンネリズムにもたえず立ち向う人であった」

「正門主義」への批判

久野の下で、高校の『倫理・社会』の教科書をつくったことがある。中山千夏と矢崎泰久が参加し、学習院卒の久野の直弟子や、そうでない私のような外弟子も加わって、文部省（当時）の検定を通るように努力しながら、それを編んだ。

その時、久野は、中国の思想のところは竹内さんに頼んで見てもらえ、と言った。それで竹内の弟子の久米旺生《さかお》が登場することになる。

ここで急いで注釈しておかなければならないのは、私たちの立場として「弟子」と書いたが、久野も竹内もそのような上下関係を押しつけることはなかった。むしろ、そうした表現を嫌ってさえいただろう。

それはともかく、久米に竹内のことを聞いて、私は久野とあまりに似ていることに驚いた。その叱り方の激しさが第一だが、弟子たちが浪人していると、心配しつつも、喜んでいる節《ふし》があるのだった。在野を尊んだとも言えるし、無籍者こそ至上と考えていたとも言える。お役所よりは民間に勤めている者に点数が高かったし、出版社でも、大よりは小を大事にするところがあった。

出版社と言えば、徳間書店の創業者、徳間康快《やすよし》と竹内は縁が深かった。

竹内の一九六三年三月五日の日記に、徳間が出てくる。竹内がスキーで怪我《けが》をして入院している時に、徳間が見舞いに訪れたのである。

「(筆者註：みすず書房の)高橋さんの後から、アサヒ芸能の徳間社長ほか二名の社員が大きなクダモノ籠をさげてあらわれた。アサヒ芸能である出版企画があって、柿の会の連中が当ることになっている。それに私の名を貸せということで、私は考えた末に承諾した。その世話役が守屋君である。ついては社長がぜひ私に会いたい、という申し入れがあり、私は足が治ってからにしてくれないかと言ってあった。だから突然の来訪はありがた迷惑の感もあったが、話してみると徳間氏はそんな悠長な性格ではないことが納得された。それればかりでなく、彼は畢生《ひっせい》の念願である新聞経営について滔々《とうとう》と熱弁をふるい、私はその意見のほとんど全部に共鳴できたので、この会見は思いがけない愉快なものになった。お蔭《かげ》で出版の方の話はそっちのけになり、夕食の膳が運ばれたので、この快男子の一行は用談をぬきにして帰っていった」

一九六〇年の日米安保条約反対闘争で、竹内は時の首相、岸信介に抗議し、東京都立大学教授を辞任したが、おおきな昂《たか》まりを見せたデモの中で、「竹内ヤメルナ、岸ヤメロ」という声が渦巻いた。

日記の中に出てくる「柿の会」とは守屋洋ら都立大の教え子たちの会である。この時、「快男子」の徳間は四十一歳。ほぼひとまわり上の竹内に臆せず熱弁をふるって愉快がられている。

見舞いを契機に竹内と徳間は昵懇《じっこん》となり、そして出されたのが『中国の思想』シリーズだった。『韓非子』『墨子』『老子・列子』等、それなりのヒットとなった。さらに徳間は、竹内がオルガナイザーの「中国の会」の雑誌『中国』の発刊を引き受ける。

当時はもちろん、中国との国交回復前で、この小さな雑誌がその地ならしをした役割は決して小さくない。

編集権は「中国の会」にあり、ユニークな六ヵ条のとりきめを掲げていた。

一、民主主義に反対はしない
二、政治に口を出さない
三、真理において自他を差別しない
四、世界の大勢から説きおこさない
五、良識、公正、不偏不党を信用しない
六、日中問題を日本人の立場で考える

特に、四や五がいい。これはもちろん、〝竹内魯迅〟が考え、掲げたことだった。

竹内は『文芸』一九六八年十月号掲載の吉本隆明との対談「思想と状況」で、

「どうも正門主義というのがあるんだね。どうしても裏から入るのはいやだ、正門から入らないと気がすまない」

と学生運動の、ある種の「純情さ」を皮肉っている。

私自身の中にも「正門主義」があるので、これは忘れられない批判である。

魯迅流に竹内はズバリと物事の本質を衝く。たとえば「日本共産党論（その一）」は、いきなり、こう始まる。

「日本共産党にたいする私の不満をつきつめていくと、それは結局、日本共産党が日本の革命を主題にしていない、ということに行きつくのではないかと思う」

これは日本共産党がまだ神話に包まれていた一九五〇年の『展望』四月号に書かれている。その時にこう書くのは勇気のいることだった。

竹内好への追悼文

そんな竹内が亡くなって、私は『思想の科学』の一九七八年五月号「竹内好研究」に「『仲間ぼめをしない』ということ」という次のような追悼文を書いた。

＊＊＊

魯迅は「死」という文章の中で、自分の死後、「記念に類することは、一切やってはならない」と書いている。

あるいは「私を忘れ、自分の生活のことを考えること。――さもなくば、それこそ大馬鹿者だ」とも。

魯迅はこれを「遺書」という形で書いているのだが、私たちに魯迅を教えた竹内さんも同じ考えかもしれない。

竹内さんが亡くなって、もう一年になる。しかし、私は吉祥寺の家に献花にうかがって、帰《かえ》り途《みち》につぶやいた「竹内さん、安らかに眠るな」という理不尽な言葉を、いま一度ここでくりかえさずにはいられない。それは、竹内精神を継ぐべき竹内さんの次の世代の人たちが、私の眼から見て、竹内精神の最も大事な根幹の部分を引き継いでいないと思われるからだ。そして〝仲間ぼめ〟に憂き身をやつしていると思われるからだ。

竹内さんは、「対立物」というか、「敵対者」「対峙者《たいじしゃ》」をつねに頭の中におき、それへの目くばりを忘れなかった人である。たとえば「毛沢東を知るためには国民党史をやらなければならない」と言っていたそうだし、日常的には、左翼のニュースを反共的立場で速報するからという理由で『読売新聞』を購読していた。

好悪の感情をおさえてそうするというより、好ましいと思うものをヨリいっそう明確につかむために嫌いなものを調べるという、いわば〝弁証法的態度〟があった。そのために〝仲間ぼめ〟をしているヒマなどなかったのである。

思想把持に欠かすことのできないこうした態度が、竹内さんの次の世代の加藤周一、日高六郎、鶴見俊輔といった人たちにはまったくと言っていいほどない。竹内さんの死に、私が未《いま》だに歯がみするユエンであり、口惜しく思う理由である。

たとえば鶴見さんが選考委員会の座長となって編まれた『現代人物事典』（朝日新聞社）には渡部昇一が出ていない。細川隆元も、立花隆も、牛場信彦も、法眼《ほうげん》晋作も、そして笹川良一も出ていない。これらの人物は、私も好ましく思う人物ではないが、しかし、これらの人物の影響力を過小評価しては、平衡感覚を失うのではないか。私は、嫌いな人物をこそ、この事典で知りたいと思って買ったのだが、何か、「現代仲間事典」の匂いのするものをつかまされた感じである。この匂いは、人選だけでなく、内容にも及ぶ。

たとえば加藤周一氏について、日高六郎氏は「国際的な場でも十二分に評価にたえる、すぐれた思想家である」と書いているが、日高さんは本気でそう思っているのだろうか。

「高い板塀をめぐらし」た家に住み、「世間の風からばかりでなく、家庭のなかでのあらゆる問題から、また子供が自分自身についてもつ問題からさえも、注意深く隔てられ」て育ち、旧制一高から東大という超エリートコースを歩きながら、その著『羊の歌』で、自分を「現代日本人の平均にちかい」と書くほど平衡感覚、あるいは現実感覚の欠如した加藤周一氏を、日高さんは本気で「すぐれた思想家」と讃美するのだろうか。

本多秋五の『物語戦後文学史』によれば、竹内さんは「王国維特集号を読む」(『中国文学月報』一九三七・六)で、そこに執筆した同人たちの論文を遠慮会釈なく批判し、満身の力をこめて相手の横面をはり曲げているという。「中国文学研究会」には、こういう相互批判が行なわれて、しかもケンカ別れもしない交友関係があったわけだが、それは単に〝若さ〟ゆえだったろうか。

竹内さんについてはそうではなかったことが、桑原武夫さんの追悼文(『展望』一九七七年五月号)を読むと、よくわかる。

桑原、竹内、谷川雁《がん》の三人で、うなぎを食べ、竹内さんが〝墜落〟した「風紋」へ行ったとき、桑原さんが、自分では出来の悪いほうだとは思っていなかった『論語』の註《ちゅう》解《かい》が、筑摩書房から届いているはずだがと言ったら、竹内さんは言下に「お遊び」とだけいって、にこやかに笑ったという。

こうした峻烈さが、どうして次の世代の人たちにはないのか。

竹内さんの亡くなったあと、加藤周一氏は『朝日新聞』の「文芸時評」で二回を費して竹内さんへの「個人的謝辞」を書いていた。しかし、こうしたことを竹内さんは喜ばなかったのではないか、と私は思う。加藤さんが、どうしても竹内好を語りたいのなら、たとえば渡部昇一や江藤淳を犀利《さいり》に批判することで、竹内さんを語るという方法もあるのではないか。そして竹内さんは、むしろ、その方を喜ぶのではないか。竹内さんを〝生かす〟道は、言うまでもなく、竹内さんについて語ることではない。竹内さんの方法、竹内さんの思考を盗みとることだ。

思想は学べない。ただ、つかみとることができるだけだということを、竹内さんはよくよく知っていた人である。

もちろん、ストレートには比較できないが、竹内さんの編んだ『アジア主義』や『近代日本と中国』と『現代人物事典』を比べると、鶴見さんたちの目くばりの不足がよくわかる。

竹内さんが〝仲間ぼめ〟をしなかったということは、本気で引っくり返すことを考えていたということであり、そのために、つねにヨリ多くテキの方を見ていたということである。そこから、久野収さんが「弔辞」で紹介した次のような〝迫力ある〟話も生まれてくる。

六〇年安保闘争で、竹内さんの正面の敵手であった岸信介が、その後、竹内さんのアジア認識を聴講したいと切願したというのである。

テキをも惹きつけずにはおかない強烈な〝毒〟が竹内さんの思想にはあったということであり、それはテキへの目くばりを忘れない竹内さんの冷徹な現実認識、現実感覚から生まれるものだった。

現実感覚といっても、竹内さんのそれは、現実の上っつらだけをなでる現実追認、現実追随の感覚ではない。現実の底を見ぬき、それを変革しようとする感覚である。（中略）

竹内さんは別のところで「教育とは加えることではなくて、変革することである」と言っているが、まさに私たちは、こうした「瞠目《どうもく》的ニセ札論」（筆者註：次章で詳述）を展開されることによって衝撃的にイメージを変革される。

また、私の編集している雑誌で、去年の秋、「台湾、孤立の中の繁栄」という特集を組んだら、ビックリするほどの反響があって、改めて台湾がマスコミの中のエア・ポケットになっていることを知ったが、竹内さんはすでに、一九六九年二月号の『中国』で、「もっと台湾を」と題して、

「台湾は中国社会の一部である。政治的には、本土との間に敵対関係がつづいているわけだが、これは政府だけの話で、文化的にはむしろ一体化が進行していると見たほうがよい。私はもっと台湾のことを知りたい。台湾社会の動態について知りたい。神田の街を歩くたびにそれを感ずる」と書いていることを、今度、『中国を知るために』を読み返して知って、再々度、脱帽した。

＊＊＊

私の三十三歳の若書きは、その後、結びに向かうが、ここでは以下略としたい。

それと、鶴見批判を含むこの追悼文を、鶴見は笑って受けとめてくれたことを付け加えなければ、それこそ鶴見に対して平衡を欠くだろう。ここに出てきた久野の竹内への弔辞

は、私が編んだ『久野収セレクション』（岩波現代文庫）に収めた。冒頭だけ引こう。

「竹内好さん、あなたの突然の逝去によって、われわれはいま、自分の内側に大きな空洞の生じるのを感じ、深い悲しみにとらえられています。

魯迅の翻訳を中途にしたままで、立ち去ることを余儀なくされた、あなた御自身にとっても、どれだけ残念であったでしょう。ボードレールやプルーストの名訳者であり、あなたと同じように、その名訳を途中でほうり出して、立ち去らなければならなかったワルター・ベンヤミンは、翻訳という仕事が原典の生命を別の国語、別の文化の中に再生させ、その生命をつづけさせるいとなみだといっています。あなたの魯迅の翻訳は、日本における魯迅の再生と永世を可能にするはずでありましたから、その中絶は取り返しのつかない損失であります。

その上、毛沢東思想のこれからについても、われわれはあなたにもっともっと教えを乞いたかったのですから、その残念さはとても言葉につくせません」

第十一章　竹内好の太宰治批判とニセ札論

太宰への怒り

竹内好と一歳上の太宰治には、あるドラマがあった。

魯迅の「藤野先生」に触発されて太宰が『惜別』（朝日新聞社）を書いたのは一九四五年二月のことである。戦争はまだ終わっていない。

その前に、竹内が『魯迅』を太宰に送り、太宰から竹内の留守宅に礼状が届いた。

その経緯を太宰は『惜別』の「あとがき」にこう記している。

「いよいよ私がこの小説を書きはじめた、その直前に、竹内好氏から同氏の最近出版されたばかりの、これはまた秋の霜の如くきびしい名著『魯迅』が、全く思ひがけなく私に恵送せられて来たのである。私は竹内氏とは、未だ一度も逢《あ》つた事が無い。しかし、竹内氏が時たま雑誌に発表せられる支那文学に就いての論文を拝読し、これはよい、などと生意気にも同氏にひそかに見込を附《つ》けてゐたのである。（中略）そのうちに竹内氏は出征なされたとか。それで、この竹内氏の御苦心の名著も、竹内氏のお留守の間に出版せられ、さうして、竹内氏が出征の際に、あの本が出来たら、太宰にも一部送つてやれ、とでも言ひ残して行かれたのであらうか、出版元から『著者の言ひつけに依り貴下に一部贈呈する』といふ意味の送状が附け加へられてゐた。これだけでも既に不思議な恩寵《おんちょう》なのに、さらにまた、その本の跋《ばつ》（筆者註：武田泰淳の筆）に、この支那文学の俊才が、かねてから私の下手な小説を好んで読まれてゐたらしい意外の事実が記されてあつて、私は狼狽《ろうばい》し赤面し、かつはこの奇縁に感奮し、少年の如く大いに勢ひづいてこの仕事をはじめたといふわけである」

ところが、生命あって中国戦線から帰って来た竹内は『惜別』を読み、大いに落胆した。そして、痛烈なる批判の「太宰治のこと」という一文を書く（『日本と中国のあいだ』所収、文藝春秋）。

「太宰治は私の留守宅あてにはがきの礼状をよこしていた。そこに彼らしいきちょうめんな一面が感じられた。のみならず、彼に『惜別』という作品があり、そこで私の『魯迅』が利用されていることをはじめて知った。しかし『惜別』の印象はひどく悪かった。彼だけは戦争便乗にのめり込むまいと信じていた私の期待をこの作品は裏切った。太宰治、汝《なんじ》もか、という気がして、私は一挙に太宰がきらいになった。この作品が彼の命とりになるかもしれないという予感がした。

作品のできはともかくとして、『惜別』における魯迅の思想のとんでもない誤解にだけは抗議しなければならぬと、私は考えた。そして『藤野先生』という短い文章を『近代文学』（筆者註：一九四七年二月・三月合併号）に書いた。これを私は太宰治への挨拶のつもりで書いたのだが、反応はなかった。私の非力をもってしてはそれ以上のことはできない。そこで私と太宰の縁は絶えたのである」

なぜ、竹内がここまで怒ったのか。それは、太宰が作品の中で魯迅を天皇制讃美者にしてしまったからである。

仙台で「愚かな中国人」を撮った幻灯を見て、「愚弱な国民は、たとい体格がどんなに健全で、どれほど長生きしようとも、せいぜい無意味な見せしめの材料と、その見物人になるだけではないか」（『吶喊』の「自序」）と思い、医学を捨て、中国人の「精神の改造」をめざして文学に転向した魯迅が、どうして天皇制讃美者になるのか。

太宰を含めて、私たち日本人は深く魯迅に学び直さなければならないと、私が考える理由の一つがそこにもある。

竹内のニセ札論

ところで、私がＮＨＫの「課外授業　ようこそ先輩」に出て、母校の小学生に教えたのが放送されたのは一九九八年十月一日である。テーマは「ホンモノを見ぬく眼」。

それを収録した『佐高流経済学入門』（晶文社）の「あとがき」に私はこんなことを書いている。

つまり、それは天下の〝公器〟のＮＨＫを使って、小学生にニセ札をつくらせたものであり、お札を、そして、それを発行している日本という国をそんなに信じていいのかと問いかけた、アブナイ授業だった、と。

これから、その模様を具体的に描いていくが、この時、ぶっつけ本番で受け取った「ニセ札」がすばらしいものだったことに感心した。

また、ニセモノとホンモノはそんなにキッパリと分けられているものではなく、ニセモノがホンモノになったり、ホンモノがニセモノ化したりするものだという生徒の感想にもわが意を得た思いだった。

番組は山形県酒田市立琢成小学校六年二組の生徒へ宛てた私の手紙を担任の教師が読み

上げる場面から始まる。

「こんにちは。突然変わった授業が入ってごめんなさい。いつもと違った雰囲気で今回の授業を楽しみましょう。そのために宿題をやってきてください。

世界各国にいろいろなお札がありますね。いろいろなお札がありますが、みなさんにも自分でお札を作ってきてほしいのです。私がびっくりするようなお札を期待しています」

その時点で「四十年前に卒業した」先輩である私の手紙に、ざわめきと拍手が起こった。

なぜ、お札を作らせようとしたのか。東京の事務所での私の語りが入る。

「私が経済っておもしろいものなんだなぁ、経済ってこういうものなのか、と考えるきっかけになったのが、お札なんです。ニセ札は確かにニセ札だけれども、ホンモノのお札であっても、インフレが進んで信用が失われた場合には、ホンモノがニセモノになる場合がある。経済っていうのは、いわゆる信用が潤滑油になって回っているわけですが、それが揺らいだときどうなるかということですね。だから、信じることと疑うこと、ホンモノとニセモノっていうのはどういうことなんだ、という疑問符のようなものを子供たちの頭に植え込みたいと思ったのです」

放送では省かれていたが、私がこう考えるようになったのは、竹内好の次の指摘に衝撃を受けたからだった。

『転形期』（創樹社）と名づけられた竹内の「戦後日記抄」がある。その一九六二年九月十一日の項で、竹内は独特のニセ札論を展開する。

「ニセ札に報償金がついた。三千円以上という。今まで発見されたものだけで二百枚に近い。これでまた話題になるだろう。ただ私は、ニセ札をあつかうジャーナリズムの態度が気に入らない。ニセとは何か、本物とは何かをもっと疑わねばならぬのに、そうしていない。必要流通量以上に放出される通貨はすべてニセではないのか。お上の御威光がうすらいだ今ではニセ札感覚も変っているはずなのに、その機微をとらえようとしない新聞記者や漫画家はみんなナマケモノだ。ニセ札事件をインフレーションと結びつけて論じる評論があらわれぬのはおかしい。ニセ札の鑑別法や図柄だけが話題になるジャーナリズムは健全でない。これは左翼ジャーナリズムをふくめての話である」

どんな経済学の本を読んでも出てこない竹内のこのニセ札論に蒙《もう》を啓《ひら》かれ、以後、私は経済評論家などとも名乗っている。そして、こんなギャグめいたことも言うのである。

「私は経済を知らない経済評論家です。但《ただ》し、竹中平蔵よりは知っています」

竹内流のニセ札論を知っていれば恐いものはない。信用の本質を知らずして経済は語れないと思って、私は「竹中よりは」と皮肉を言う。

疑うことの大切さ

それはともかく、生徒たちのお札は多様だった。

サルの絵が描いてあったり、「悪いことにつかうと自然に消滅します」と書いてあったり……。

しかし、アイディア豊富でも、これらのお札は通用しない。それはなぜか？

「みんなが作ったのは、世界に一枚しかないから」

と言う生徒に、私は、

「でも、大事だよなぁ、世界に一枚しかないのはねぇ」

と返す。別の生徒が、

「えっと、国が認めてないから」

と答える。

「国が認めてないっつうのは、どういうことだ」

と私が問い返すと、生徒たちは真剣に考え込んだ。しばらく経って私は、

「みんなが作ったお札は、通用させようと思って作ったんじゃなく、宿題だから描いてきたわけだな。それでも、六時間以上もかけた人もいる。

通用させようと思ってニセ札作る人も、大変だと思うね。例えば、お店やさんでニセだって見破られたら、だめなんでしょう。そうすると、ニセ札作りにかける情熱というのは、悪いことに向けた情熱だけど、すごく時間がかかるんだ。最近はほら、こういうところにすかしが入って、うまくまねできないようになっている（真札を見せる）。

例えば、このフランスのお札を（フランスの紙幣を取り出す）、酒田の町のどっかの店に持っていっても、ダメだろうな。受け取ってもらえない。だけど、これ、フランスへ行けばホンモノになる」

と説明した。

そして、本当のお札には日本銀行券と書いてあり、日本銀行、つまり日本という国が保

証することになっている、と続けた。

その後、当時、大変だった銀行の話に移り、一九二七年の金融恐慌の際に発行された「裏白紙幣」を拡大したパネルにして見せた。

倒産する前に預金を引き出そうと銀行に殺到した人たちを落ちつかせるために、急きょ、「弐百円」札が発行される。しかし、時間がなかったために裏は真っ白だった。

まさにニセ札まがいの紙幣である。

普通、新札を発行する場合には政府の方で警察に届ける。

ところが、この時はあわてていて、届けていなかった。それで、使った人が警察に捕まるという一幕もあったのである。

現在のようにＮＨＫが完全に政権の支配下にある状況では、こんな授業はチェックされて放送できなかっただろうが、私は自分の意図をそこでこう語っている。

「今日みんなに考えてもらいたいのは、ホントのこととニセのこと。お札がホンモノになるのは、要するにその国がしっかりしているときなんだ。そうすると、この裏白紙幣なんかは、警察がニセ札だと思ったくらいだけれども、ホンモノなんだね。それは政府が保証したお札だからなんだ。ほんとうのお札でも、政府の力がおかしくなったときとか、弱くなったときには、使えなくなる場合もあるわけだ。

だから、ホンモノとかニセとかいうのは、カチーンと決まったものではなく、変わる可能性もあるもんだちゅうこった。それがほんとにホンモノなのか、逆にほんとにニセモノなのか、疑って、自分の目で確かめて、『あっ、やっぱりホンモノだ』『やっぱりニセモノだ』と決めていく。だから、疑うっていうのはものすごく大事なことなんだなあ」

いまここに書き写していると、かなりアブナイ授業だったな、とも思う。

「頭ぐらぐらしてきた？　私はさ、みんなを安心させるために来たんじゃないの。みんなをぐらぐらさせるために来たわけね」

と言ったら、生徒は、

「うわぁ」

と、のけぞっていた。

最後に、「三つの指輪の話」をしたが、それは魯迅的思考から離れるので、ここでは紹介しない。竹内を通じてつかんだニセ札論は、魯迅を通じたそれだったと私は思っている。

第十二章　魯迅の思想を生きた、むのたけじ

揺るぎなき本物の思想

ここに私の学生時代の読書遍歴を綴った『青春読書ノート』（講談社文庫）がある。これを読むと、私の「魯迅烈読」はむのたけじによって加速されたことがよくわかる。むのの本を読んで、その思想的原郷である魯迅にさらに深く参入していったのである。もちろん、魯迅を読むことによって、むのの思想と行動に対する理解も深まった。

むのの本を最初に読んだのは十九歳の時だった。『雪と足と』（文藝春秋新社）である。震えるように感動して、「読書ノート」にこう書いた。

「ほんものだ！　ほんものの思想だ！

揺るぎなきほんものの思想だ」

そして次に『たいまつ十六年』（企画通信社、のちに岩波現代文庫）を読んで、やはり十九歳の興奮した言葉を並べた。一九六四年秋のことである。

＊＊＊

飢え渇くごとく真実をもとめて歩み続けた記録、いや歩み続けている記録。私の育った時代を、私は、初めて、自分のものとして、ふりかえった。

安保闘争の時、私は、荒々しい風も吹かぬ豊かな農村に囲まれた市の高校一年生であった。そんな酒田の高校一年のクラスでも、論争というよりは、口論のようなものがおこったことを思い出す。その時、日本は、大揺れに揺れていたのだ。あのエネルギーは、もう過去のものとなったのか。現在の革新陣営を思う時、そういった、薄寒さを覚える。

批判のないところに進歩はないではないか。革新陣営の革新が、望まれるというのは、本当に、その通りだ。徒らに、レッテルを貼りたがる。形ではないのだ。レッテルではないのだ。本当に、生活の底から、湧き上った願いが、ほんものの思想と呼べるものではないか。

〝日本の思想史、解放運動史の流れの中で、階級の問題と民族の問題とは水と火のように両極にあるものとされてきたが、これら二つは深くかかわりあっていて別々のものではないことは、敗戦社会という鏡にうつせばあまりに鮮やかだとぼくには見えた。被圧迫階級が本来の地位と権力をにぎろうとするたたかいと、民族が汚辱の沼から自分の足で立ち上がろうとするたたかいと、この二つが、理くつよりもむしろ本能的なつよさで結びつくところからはじめて日本社会を変えていく爆発的エネルギーがわいてくる〟（筆者註：『たいまつ十六年』からの引用）このことは、『中国の赤い星』を読んだ時、私の心に浮かんでいたのだが、確信を強められた。民族の問題を軽んじて革命などやれるものか。

全学連の問題では、〝この学生集団に逸脱があり、奇矯があり、思想の過失があるというなら、それならなおさら、この集団をだきかかえて彼らと共に苦しみながら逸脱を是正し、過失を改善するようにつとめるのが「革新政党」ではないのか。噴出した若いエネルギーを、そっくりそのままわが胸にだきとめることのできないようなケチくさい了見で、どうして社会の改造などやれるであろうか〟この文は、私の心をも射た。批判するのなら簡単だ。共に苦しみながら進むのが、本当に、むずかしく、また、我々がやらねばならぬことなのだ。

魯迅の考えに深く共鳴している著者。〝思うに、希望とは、もともとあるものだともいえぬし、ないものだともいえない。それは地上の道のようなものである。もともと地上には道はない。歩く人が多くなれば、それが道になるのだ〟

現在も歴史の一部なのだ、ということを忘れずに行動しなければならない。

この本は、私に、本当に〝強いもの〟を与えてくれた。読んでいて、何かが、底から湧きあがってくる。

＊＊＊

この若書きの感想から、およそ五十五年。読み返して、やはり熱いものが伝わってくる。それは、むののの、この日本を変えずにおくものかという熱気である。

むのたけじの戦争責任

一九四五年八月十五日、『朝日新聞』の記者だったむのは、戦争責任を感じて辞表を出し、郷里の秋田県横手市に帰った。そして、新聞『たいまつ』を刊行し始める。むののように戦争責任を深く考えて辞めた記者はいない。

魯迅を敬愛するむのは、魯迅の言葉を自分なりに消化して、次のように問いかける。

「行く先が明るいから行くのか。行く先が暗くて困難であるなら、行くのはよすのか。よしたらいいじゃないか」

ジャーナリズムのいいかげんさを指弾する切っ先も、自分の患部にメスを入れているだけに鋭い。

ナポレオンがエルバ島を脱走してパリに入城するまでの二十三日間に、フランスの新聞は七たびナポレオンの呼称を変えたという。

「凶暴なる卑劣漢、エルバ脱走」に始まって、「コルシカの怪物、ジュアン湾に上陸」「食人鬼、グラッスに進撃」「簒奪者《さんだつしゃ》、グルノーブルを占領」と非難していたのが、一転して、「ボナパルト」になり、「ナポレオン」になり、ついには「皇帝陛下、忠誠なるパリにご帰還」となった。

この事例を紹介しつつ、むのはこう書く。

「時の古今も所の東西もない。主観の欠落した新聞の『客観性』はこの通りだ。『自由は知る権利から』という新聞週間の標語の、真実の意味を知らないならば、新聞のつかんでいるのは一片の野糞《のぐそ》、見出しをかえる自由だけである」

むのが初めて郷里で新聞を作り、戸別訪問して売り歩いていた時、入って行った農家では、五十すぎらしい父親と、二十五歳前後の息子がドブロクを飲んでいた。

当然、むのは若者の方に新聞を差し出したが、彼は一面上に目をとめ、

「なに？　農村景気は下り坂だって？　えんぎでもねえや」

と言って、つっけんどんに返してよこした。しかし、その父親の方が、

「なに？　百姓は苦しくなるって？　んだ、んだ、その通りだ、どれ、おれに見せろ」

と手を出してよこし、しばらく新聞に目をこらしながら、代金の三円を払った。

「若い目が老いた目より、ヨリ確実で強い視力を持っているとは限らなかった。親と子との反応のちがいは、昭和初年の農業恐慌の体験を持ったか持たなかったかのちがいであったろう」

と、むのは『たいまつ十六年』で述懐している。

ところで、一九六三年に『たいまつ十六年』が出た時、横手市長だった佐々木一郎、市議会議長だった斎藤万蔵、そして商工会の幹部の前沢純治が「お祝いをやってやる」と言ってきたという。

むのは驚いた。この三人は、むのを敵視していた町のボスたちだったからである。彼らの呼びかけで十五人が集まった。

「アカを祝おうとクロばかりが集まって」

とむのは語っている。

祝辞も何もない。ただ飲むだけ。

酒を飲めないむのは、しばらくしてから三人の前に行って、

「あんた方、保守のボスが頼みもしないのに、なんで出版祝賀会をやってくれたのか」

と尋ねた。

答えは三人とも同じだった。

「『たいまつ』新聞は、町を支配している我らの敵だ。だから、つぶすわけにはいかない」

『たいまつ』に広告を出してくれたのは彼らで、だから新聞は続いたという。

新聞人・信夫《しのぶ》韓一郎

敵でなく味方として、むのを支えた一人に『朝日新聞』の上司だった信夫韓一郎がいる。

『雪と足と』を読んで、信夫という人を強く意識させられた。

東京本社編集局長を経て代表取締役となった信夫は、物心両面で、辞めてからのむのを

励まし続けた。しかし、私が信夫の名を忘れられなくなったのは、そのためではない。『雪と足と』によれば、『朝日』を辞めて神奈川県真鶴町《まなづるまち》に引っ込んだ信夫を再び引っ張り出そうという動きがうるさいと、信夫が九州に転住したというのである。その時、来信を府県別に分類して、一年間に二通しか手紙が来なかった宮崎を永住の地に選んだ。来信の多い所ではなく、最も少なかった所を選ぶというところに信夫の生き方が表れている。

先日、むのの息子の大策と会う機会があり、信夫の名を口にしたら、信夫の追悼集『新聞人　信夫韓一郎』(「新聞人　信夫韓一郎」刊行会) を貸してくれた。むのも寄稿しており、むのの書き込みもある。

巻頭に疋田《ひきた》桂一郎の「信夫韓一郎小伝」。

早くに母が亡くなり、父とは深刻な対立の生涯を送った。

同期や後輩の信夫評にこうある。

「生意気だったんですな。上にきついことをいう。何かにつけてハイハイとはいかない男で、それも普通以上に反抗的だから、本社でも、たいていの上役と仲が良くなかった」

それでも代表取締役になったのだから、さすがは『朝日』と言うべきだろうか。

作家の石川達三が『朝日』に日教組への弾圧を批判する小説『人間の壁』を連載した時、信夫は専務だった。

親しい仲の石川が、

「何か迷惑をかけているのではないか」

と尋ねると、信夫は言下に、

「いや。そんなことはない」

と否定したが、連載が終わった後に、

「いや、実は相当いじめられたよ。まあ、大したことはない」

と述懐したという。連載中は一人で外部からの圧力と闘っていたのだった。

「社員は五十五歳で定年退職する。役員も六十歳定年制にしたらいい」

こう言って、信夫は六十歳になる前の日に辞めた。

ゴルフ仲間の大岡昇平が「思い出」を書いている。

「彼は朝日新聞のことを語らず、私は文学の話はしない、という奇妙な付合いだった」らしい。

大岡が日本芸術院会員を断った時、信夫は宮崎から褒めたハガキをくれたという。信夫からもらった唯一のハガキだった。

そんな信夫が、むのとは互いに惹かれ合った。

むのは『雪と足と』の中で、一章を費やして信夫のことを書いている。題して「あしながおじさん」。

信夫が四十二歳で、むのが二十七歳の時、二人の間にこんな遣り取りがあったという。

「きみは、おれが好きか」

「好きです」

「では、おれも言う。おれは、きみが好きだ」

オールド・リベラリストの信夫と、自分の思想が合致しているとは考えていないと前提して、むのは書く。

「一人の人間の生きかたについて、一人の人間と他の人間との結びつきについて、私は〈思想〉を重視する。しかし、単一の物さしで人間を測定する態度を憎悪する。そういう態度が〈思想〉を扼殺《やくさつ》するものだ」

魯迅の思想をむのは具体的に行動で示してくれたと私は思っている。

私の人生を決定した、むのたけじ

ここで、ちょっと感傷的になるかもしれないが、むのの発行していた『たいまつ』の一九六九年三月二十日発行の第六九二号に載った私の「声」を引かせてもらいたい。当時、二十四歳だった私は山形県立庄内農業高校の教師だった。

私が顧問をしていた社会研究サークルの沖縄に関する意識調査を紹介した後で、私はこう主張している。むのがつけた見出しは「偏向しているのは教育でなく現実だ」。

「沖縄の差別の現実は、なぜ生みだされてきたのか。その差別を生みだしたものは何であるのかを歴史的に問いつめながら、私たち教師は『わたしたちの沖縄』を教えてゆかなければならない。沖縄の現実を教える教育は偏向教育ではないかという非難があるが、沖縄を教える教育が偏っているのではない。沖縄の現実が偏っているのだ。

政府の言う『中正』な教育とは政府に『忠誠』な教育のことであるのか？　時の権力の思うままに押し流された戦前の『現実偏向』の教育が何を生みだしたか。私たちは『現実』に偏向するのではなく、もっともっと憲法や教育基本法の『理念』に偏った『理論偏向』の教育をやらなければならないのだと思う」

むのは、ある意味で私の人生を決定した。むのの本を読んで、日本を変えるには足もとから変えなければならない、と私は郷里に帰って教師になった。

「自分はボロを着ても、タクアンのしっぽでめしを食っても、子どもは上の学校にやろう、参考書も文房具も十分に買って与えよう、という気持は美しく見える。けれども人間の幸福とか不幸とかいわれるものは、しょせん社会とのつながりできまるものではありませんか。本気でわが子をしあわせにしたいなら、この子らに私たち親はどんな社会をひきつごうとしているかを、一番熱心に考えて努力しないといけないのではありませんか」

むのは『詞集たいまつ』（評論社）にこう書いている。

「自画自賛——結構じゃないか。自賛できないような画はかくな」

こんな指摘もあった。

憲法をぞうきんのように使え、というのもむのらしい。

「現在の日本国憲法に対しても、実生活から離れた大変立派なものであって、たとえていえば礼服を着たときの胸ポケットの絹のハンカチのようにきれいに扱うような意識が、いまの若い方々にもあるのではないか。そのような態度では憲法の中身が次第に風化するでしょう。私は、憲法は絹ハンカチではない、台所を朝昼晩清めるぞうきんのように使えということを言いたいです。日用品です」

私がホストとして『世界』で続けた対談「日本国憲法の逆襲」シリーズでのむのの発言である。

私は岩波書店で九十五歳のむのと会った。その年とはとうてい思えない迫力に私はただただ聴き入るばかりだった。

〝むの教〟の信者だった若き日、私は勤務先の庄内農業高校に講演に来てもらったことがある。

遅れて会場の体育館に入って行く生徒たちが不作法にむののそばをバタバタと走り過ぎるのに恐縮していると、むのはごく自然に、

「元気があっていいですね」

と言った。

その時のハッとなった感じを私はいまも忘れない。

アナーキズムに惹かれるなどと言いながら、やはり秩序があるのがいいなどと思ってしまった自分の頭を、むのに軽く殴られたような気持ちだった。

怒りの炎を燃やし、命がけで生きた

むのの言葉は、魯迅と同じように、しばしば鋭く人を刺す。

たとえば、マスコミをまずいゴミ、すなわちマスゴミと講演などで断じ、そう言われて腹が立つなら、控え室に来て俺を引っぱたけと挑発したが、いままで誰も来たことがないと嘆く。そして、

「先輩に言われると思い当たることがあります」

などと言ってテレ笑いを浮かべるが、それでいいのかと追撃するのである。

『戦争いらぬやれぬ世へ』（評論社）での新聞批判も痛烈で、

「政治問題に関しては与党と野党の主張を足して二で割って、水とコカコーラで薄めたような、そんな社説しか書けないじゃないですか」

と容赦がない。

「自己規制なんて上品なもんじゃねぇよ、もう。自己規制なら、自己との闘いがあるでしょう。そんなもんじゃない。ズルズル、ズルズルな。新聞そのものに主語がない。そこで働いてメシ食っている連中、主語があるわけないじゃないか」

この指弾に反論できる記者がいるのか。

私は教師時代、生徒に返す答案に、むのの言葉をよく引いた。
○長い人生に無用の一日はない。どんなに悲しい一日でも、それがなければ、あすはない。
○求めて敵をつくる者に、真の味方はできない。敵をつくることをおそれる者は、味方を敵にまわしてしまう。

むのは九十三歳の時に出した『戦争絶滅へ、人間復活へ』（岩波新書）で、「戦争をなくすということは、結局、国をなくすということになる」と喝破している。そして、「国境というのは、国家が勝手につくったものにすぎません。その国家ができてから、戦争というものが始まったわけです」と続けている。

平和主義とは、まさにアンチ・ナショナリズムだということだが、それを非現実とする者に対しては、むのはEU（欧州連合）の例を挙げる。

中国やソ連（現ロシア）は戦争を肯定したから、その社会主義や共産主義は変質したというむのの指摘は卓見だろう。資本主義国と違うと言うなら、やはり、戦争を否定すべきだった。

同書によれば、憲法九条のような規定はなくとも、憲法で戦争反対、世界平和を力説している国は、コスタリカをはじめ、三十八ヵ国もある。世界約二百ヵ国の中で、まだ四分の一にならないとはいえ、確かな勢力を占めているのである。

「だから、ここで日本人がもう一度、これまでの自分の体験と、世界の情勢に対する自分たちの平和の理想を高くかかげて、それを単なるスローガンではなくて、現実の社会生活のなかに生かしていけば、そこに活路が開けていくのではないかと思います」

と、むのは主張していた。

『週刊金曜日』の二〇一六年二月十九日号で、むのは八王子市議だった佐藤梓と「七十歳差」対談をやった。学生時代、記者になりたいと思っていた佐藤は、むのの本を読んで衝撃を受けた。

前年の春に議員となった佐藤は、自民党会派から出された安保法制への賛成の意見書に反対の立場をとり、一九四〇年に帝国議会で斎藤隆夫が行った「反軍演説」を引いた。

「あなた方の先輩には斎藤議員のような人がいたんですよ」

と伝えたかったからである。

むのは当時、記者席から斎藤の演説を見ていた。

「ただいたずらに聖戦の美名に隠れて、国民的犠牲を閑却し、曰く国際正義、曰く道義外交、曰く共存共栄、曰く世界の平和……」

すさまじい怒号にも斎藤は怯《ひる》まなかった。小柄ながら張りのある声で斎藤は演説を続ける。

「かくのごとき雲を摑むような文字を並べ立てて、そうして千載一遇の機会を逸し、国家百年の大計を誤るようなことがありましたならば……」

むのは、斎藤が命がけなのだと思った。

むのも、怒りの炎を燃やし、命がけで生きた。

むのは、言葉には話し言葉と書き言葉の二つがあるとし、「あくまでも話し言葉が基本」だとする。肉声が入らないと本当の言葉にはならないところがあるので、「原稿を書くときも、まずはしゃべるようにしている」と言っていた。

魯迅は書き言葉の方が得意だったようにも思うが、ともあれ、むのは『雪と足と』の「おわりに」で、こう告白している。

「この本に、魯迅の言葉がたびたびあらわれた。あの昭和十二年の日中戦争発生後、私は手あたり次第に中国関係の書物を読むようになり、その乱読の中で偶然のように魯迅とめぐりあい、そして日本のあゆみが暗い方へすすむ（と自分で意識する）につれて、日中戦争の前年に亡くなった隣国のこの文学者がますます自分の体内にしみこんできた。横手に定住して以後、文章にも講話にも非常にしばしばこの人の言葉、生き方、考え方をもちだした。その名を聞くすらはじめてという読者、聴衆にどこまで魯迅を真に伝えることができたかは皆目見当のつかないことであった。私の魯迅解釈は、全く我流だからである」

第十三章　魯迅を匿《かくま》った内山完造

「友人を敵に売り渡さない日本人」

上海《シャンハイ》の内山書店で内山完造と妻の美喜が話している。本庄豊の『魯迅の愛した内山書店』（かもがわ出版）が巧みに描いているように、美喜は京都弁である。

「魯迅先生は、尾崎くんはドイツ語のできる有能な記者だし人間もしっかりしている、彼のような立派な人間をつくりだすくらいだから、日本はまだ捨てたものではない、と話していた」

尾崎とは『朝日新聞』の尾崎秀実《ほつみ》であり、のちにゾルゲ事件で逮捕される。

「そんなお人なら、出世払いでもいいくらいの気持ちでお迎えします」

美喜がこう言うのに完造は、

「たのむよ、店にとっても、中国と日本にとっても大事な人だから。借金がかさんでもいちいち請求しないように」

と応じ、美喜も、

「へぇ」

と力強く頷《うなず》いた。

尾崎の友人のジャーナリスト、アグネス・スメドレーと尾崎、そして完造がある夜、内山書店で語り合っている。蔣介石の南京《ナンキン》国民政府が魯迅らに対する弾圧を強め、日本軍も魯迅をねらっている緊迫した状況下だった。

「内山さん、左翼作家連盟の五人を含む二四人が蔣介石に処刑されました。今度は魯迅先生が危ないのです」

スメドレーがドイツ語でこう言うと、尾崎が日本語に訳して完造に伝えた。

「わかりました。うちの書店の二階に魯迅先生のための部屋を用意します。美喜さん、すぐに用意して下さい」

完造の言葉に、

「へぇ。お布団と机くらいやったらすぐに出せますよって」

スメドレーと尾崎が安心して書店を後にすると、完造は控えていた店員をラモス・アパートに住んでいた魯迅のもとに走らせた。

完造の伝言を聞いた魯迅の妻、許広平が心配そうに魯迅に尋ねる。

「老板《ローペ》は日本人でしょう。本当に信用していいのでしょうか？」

老板とはダンナとか主人という意味で、この場合は完造を指す。

すると魯迅は、微笑《ほほえ》みながら、

「老板は私にいつもこう言います。友人を敵に売り渡さない人は日本人の中にもいます、と」

と答えた。

しかし、完造のような日本人が数多くいるわけではない。大多数は信頼できなかった。

一九五六年十月十九日、完造は魯迅逝去二十周年記念祭出席のため、北京を訪れる。そして上海に飛んで魯迅の墓参りをしたが、三年後の一九五九年九月、最後となった中国訪問をし、二十日に北京協和病院で亡くなった。文字通り、中国に骨を埋めることになったのである。

『朝日新聞』は九月二十二日の「天声人語」で、こう書いた。

「内山さんは別に〝偉い人〟ではない。が、中国と中国人を心から愛していた。中国の人たちも心から内山さんを愛し親しんでいた。不幸な長い戦争で両国の間に憎しみがあっても、内山さんと中国の人たちとの友情と信頼は変らなかった▼偉いといえばそこが偉い。内山さんはどんな時でも〝庶民の心〟を失わなかった。両国の国家の権力がどんな風に変ろうとも、初心のままの一個の庶民として、土のように、水のように、ごく自然に中国となじんでいた。尊いといえば、その初心を変えない平凡な庶民の心が尊い▼内山さんは中国と心でつながっていた。両国の友好と親善のためには、こうした人をもっとほしかった。日本人にも、中国人にもである。石橋（筆者註：湛山）さんや浅沼（筆者註：稲次郎）さんらが行くのもよい。が〝使節〟などと改まったカミシモを着て、会談だの共同コミュニケだのだけでなく、平常心で胸のうちを語り合える友を、互いにもっとほしかった」

確かにその通りだが、完造と中国人との友情と信頼は、やはり、完造と魯迅だったからこそ深められたことを忘れてはならないだろう。余人の間で同じような関係が生まれたかについては、私は疑問なしとしない。

太田尚樹の『伝説の日中文化サロン　上海・内山書店』（平凡社新書）に、一九四一年十二月八日の太平洋戦争勃発の二週間後、内山書店に魯迅の息子の海嬰《かいえい》から電話がかかってくる場面がある。すでに魯迅は没していた。

完造が受話器を取ると、海嬰が泣きながら訴える。

「今朝、まだ寝ていたところへ日本の憲兵が大勢やって来て、家の中を探し回り、手紙類や、お父さんの本などを取りあげ、お母さんを連れて行ってしまった。なんとかして欲しい」

そんな内容だった。

すぐに完造は許広平の釈放を求めて憲兵隊本部と掛け合う。自らが逮捕されるかもしれない危険をかえりみずである。

しかし、許は七十数日間、拘束され、電気拷問を受けたり、ムチで打たれたりした。それでも屈しなかった許はのちに『暗い夜の記録』（安藤彦太郎訳、岩波新書）に、この地獄の日々のことを書く。

完造はこれを読んだ感想を、同書の巻末に次のように記している。

「一気に読みおわったが、これを読んで、わたしの憤慨はその極に達したのである。かねて、日本憲兵が中国人から非常に怨《うら》まれておることは充分知っておったけれど、具体的にその理由は知らずにおったのである。わたしはこんにちまで、まことにお人好しであったわけだ」

完造の『魯迅の思い出』（内山嘉吉・内山籬《まがき》・魯迅友の会編、社会思想社）所収の「魯迅さん」には、上海には『小報』という小型新聞があって、さかんに魯迅を攻撃する、とある。こんなことが書かれたこともあった。

内山完造は、日本の外務省の最高のスパイだ。あいつの月給は五十万円、一年の機密費は五百万円で、必要に応じていくらでも出る。それで彼はたくさんの伝書鳩《でんしょばと》を飼っている。その中で一番大きな伝書鳩は魯迅だ、魯迅は毎月十万円ずつ餌をもらっている、と。

魯迅は完造に「こういうものを相手にしてはいかんよ」と言っていた。

そんな魯迅が日本の川柳全集を買っていたというのもおもしろい。完造には忘れられない思い出だという。あるいは、痛烈な鶴彬の反戦川柳なども読んでいたかもしれない。

○手と足をもいだ丸太にしてかへし

○万歳とあげて行った手を大陸へおいて来た

などである。

毛沢東の大げさな讃辞

一九三六年十月十九日、魯迅は五十五歳の生涯を閉じた。

号泣する許広平の肩を抱いて、

「サァ大切なものがあったら皆出して下さい。私が預かります」

と言ったのは孫文未亡人の宋慶齢《そうけいれい》だった。

その鮮やかな行動に「流石《さすが》は大革命家孫文先生の夫人であると私は感嘆おく能わざるものがあった」と完造は『魯迅の思い出』の「深夜まで続いた告別者の列」に記している。

その宋慶齢や蔡元培《さいげんばい》と共に完造は葬儀委員に選ばれる。六人の中国人と共にスメドレーも選出されたが、日本人は完造だけだった。

延安にできた魯迅芸術学院の開校式で毛沢東は言った。

「魯迅は共産党員ではない。魯迅は共産主義者ではないが、而《しか》も魯迅は現代の聖人である。魯迅精神なくして中国を救うことは出来ない。吾々は未だ若い。吾々は魯迅を吾々の師と仰ぐ」

そして続けた。

「今度の革命の先頭に立って、旗を振った者は魯迅である。魯迅は大文学者であった。魯迅は大思想家であった。魯迅の骨は硬かった。魯迅は金力にも権力にも負けなかった。武力にさえも屈しなかった。魯迅の歩いた方向は正しかった。青年よ魯迅の足跡を踏め」

もちろん、「今度の革命」という一九四九年には魯迅は亡くなっているから、精神的に先頭に立って旗を振ったということだろう。

しかし、私はこの毛沢東のホメ殺しのような讃辞には異論がある。

のちに毛沢東は、それこそ先頭に立って文化大革命をやるが、魯迅が生きていたら、断固としてそれに反対しただろうと私は思うからである。硬い骨の魯迅は、毛沢東という権力に屈することなく抵抗したに違いない。

あるいは、毛沢東はそれをわかって、大仰な讃辞を献《ささ》げたのかもしれないが、大仰な身ぶりを最も嫌ったのが魯迅だった。

久野収が次のように指摘している。「彼」とはマハトマ・ガンディーである。

「彼は、雄弁ではなく、大きな声をだしたり、身ぶりをまじえたりすることは、聞き手に圧力をかける結果になるといって、生涯、けっして採用しなかった。後年、彼がヒトラーをデマゴーグだと評したのは、この見地からであり、この批評は、魯迅の同様のヒトラー評とあわせて、アジア人の雄弁家評価を語るものとして、なかなか興味ぶかいものがある」

「中国は私を必要としているのです」

完造は一九三五年に『生ける支那の姿』(学藝書院)という本を出した。その序文に魯迅はこう書いた。

「これも自分の発見でなく内山書店で漫談を聞いて居たときに拾つたものだが日本人程結論を好む民族、即ち議論を聞かうが本を読まうが、若し遂に結論を得なかつたらどうしても気がすまない民族は、今の世の中に頗《すこぶ》る少ないらしいと云ふことである」

と始まった一文は、

「著者は二十年以上も支那に生活し各地方に旅行し各階級の人々と接触したのだからこん

な漫文を書くには実に適当な人物であると思ふ。論より証拠その漫文も確かに一異彩を放つて居るではないか。自分も時々漫談を聞きに行くから実はほめたてる権利と義務とをもつて居るが併《しか》しもう長い間の『老朋友』であるから悪口も少々書き添へて置きたい。その一は支那の優点らしいものをあまりに多く話す趣きがあるのでそれは自分の考へと反対するのである。だが一方著者自身の或《あ》る考でやるのだから仕方がない。もう一つは悪口と言へないかも知れないが即ち其漫談を読めば成程と思はせる点は頗る時々出て来る。それも大いによいことではあるが、その成程と思はせる処は詰る処矢張り結論なので幸ひ巻末に『第何章結論』と銘打つて居るものがないから、矢張り漫談にとゞまつて居るのでよかつた」

と続いている。

一九三四年末に魯迅が肺を病み、げっそりと痩せてきたので、スメドレーらが転地療養を強くすすめた。日本の鎌倉なども候補にあげられたのだが、魯迅は頑《かたく》なにそれを拒み、「ほかの人たちが戦い、次から次へと死んでいるというのに、私は一年間も仰向《あおむ》いたまま寝ていろというのですか」

と憤慨した。

それでもスメドレーはしつこく食い下がったのだが、魯迅の「心の骨の硬さ」にあきらめざるをえなかった。

小泉譲の『評伝・魯迅と内山完造』(図書出版)によれば、魯迅はマキシム・ゴーリキーから、一年間ソビエト・ロシアに招待したいと言われた時も、自分のカネで行けるまで待ってくれ、と言って断った。

その時、魯迅はスメドレーに、

「私がノコノコ出かけて行ったら、国民党の奴らは魯迅はモスクワの金を貰《もら》ったとわめきたてますよ」

と言い、スメドレーが、

「自分の金で行ったところで、奴らはどっちみちそういいますよ」

と返すと、魯迅は、

「中国は私を必要としているのです。私には行くことができない。誰もかも逃げてしまうわけにはいきません。誰かが踏みとどまって中国のために、中国人民のために戦わなければばならないのです。今がその時なのです」

と答えたという。

完造も熱心に魯迅に転地療養をすすめ、ある時、九州の雲仙に連れて行こうとした。

「雲仙はいいだろうねえ。老板も行くのかね」

魯迅の心が動いたと思った完造は、

「身一つで行けばいいようになっているんです」

と踏み込んだが、魯迅は、

「時に、老板、雲仙には何をしに行くのかね」

と尋ねた。

「なにをいっているのですか。静養のためじゃありませんか」

と完造が答えると、

「日本語の静養というのはどういうことをいうのかね」

と反問し、

「そうさね。なにも考えず、ぼんやり何もしないでぶらぶら遊んでいることですよ」

と完造が言うと、魯迅は途端に顔をしかめ、

「いけないねえ、それは出来ない。今、われわれの前には沙漠が迫りつつある。どうしてボンヤリしてブラブラ遊んでなどいられよう」

と言いながら、立ち上がったという。

「支那の将来にはアラビアの沙漠が見えている。それ故に私は戦う」として、それを実行した魯迅について、完造は「先生は、実に文字通り、一寸の光陰も軽んじることのない戦士であった」と書いている。

魯迅と完造との出会い

それでは、ここで少し前に戻って、魯迅と完造の出会いの場面を描こう。

完造が新妻の美喜を伴って上海の地を踏んだのは一九一六年春である。完造は参天堂大学目薬の販売員だった。前年の日本の「対華二十一ヵ条要求」に反発して中国の排日の気運は昂まっていた。

翌一七年、中国各地の出張から帰って来た完造は美喜に、

「日本の女が男から圧迫される最大の原因は、経済的独立がないからではないか。父に支配されていたわしの母がそうだった。だから、女も自立する道を考えねばならん」

と言った。それに対して美喜は、

「うち、本屋をやらせてもろてよろしおすか？」

と答える。完造は膝を叩いた。

「面白いかもしれん。上海には三〇〇〇人もの日本人がいるが、本屋は数軒しかない。失敗してもいいから、まずは始めることだよ」

試行錯誤しながらスタートして、一九二一年には中国人少年の王宝良を雇い入れる。子どもがいない内山夫婦にとってはわが子同然であり、当然、同じ食卓で食事をした。それは珍しいことであり、差別をしない日本人がいることを知って王は感激した。

書店の中心的存在となる魯迅がやって来るようになったのは、一九二七年の秋の日のことだった。

王が上海の雑誌『文芸月報』の一九五六年六月号に、魯迅が初来店した時のことを書いている。

当時、完造はまだ参天堂の代理店経営の仕事があり、店にいるのは美喜と王のふたりだけだった。その日、美喜と王がぼんやり座っていると、アイリッシュの長衫《チャンシャン》を着て、ゴム底の白い靴をはいた中国人が入って来た。髪は長く、口髭《くちひげ》をたくわえ、竹のパイプをくわえている。彼は何も言わずに本棚をざっと見た後、今度は一冊ずつ、装丁から書名、目次、そして内容に目を通していった。

風体はみすぼらしく、本を買えそうには見えない。そのころの本は一冊が一元から二元はしたからである。ところが彼は十数冊も選び出し、五十元以上にもなった代金を即金で払った。この額は内山書店の一日の売り上げを超えるものだった。

〝中国のゴーリキー〟とか、〝中国のヴォルテール〟と呼ばれた魯迅の印象をスメドレーは『中国の歌ごえ』（高杉一郎訳、ちくま文庫）にこう書いている。

「彼は背がひくく、きゃしゃだった。クリーム色の絹の中国服をきて、やわらかいシナ靴をはいていた。帽子はかぶらず、短く刈った髪の毛がブラシのようにつっ立っていた。顔のつくりは普通の中国人のようだったが、それでいて私がいままで見たうちでいちばん印象的な顔だったという記憶が残っている。一種のいきいきした知性と警戒心がその顔から流れでていた」

王の『文芸月報』の追想によれば、初来店から五、六日して魯迅はまたやって来た。たまたま完造もいたので、美喜がこの上客のことを夫に耳打ちする。

それで完造が日本語であいさつすると、彼は周樹人と名乗ったので、はじめて魯迅だとわかった。

王の回想を引く。

「魯迅先生はほとんど毎日のように書店に来ましたが、それも決まって午後二、三時頃でした。姿が見えないときは、用事ができたか、病気になったかで、その場合は内山先生が必ず魯迅先生の家へ出かけて行きました。その頃には、店員の数も多くなりましたが、だれもが魯迅先生の顔を知っており、先生が来ないと、彼らは内山先生にどうしたのかと尋ねたものでした」

危険が迫っている魯迅に完造はさまざまな配慮をした。裏口から入らせただけでなく、座る場所も奥を向いたところにし、客からは背中しか見えないようにした。

王の回想を続ける。

「私たちは魯迅先生の身辺を気遣い、魯迅先生を守るために、彼が店にいる間は、私と内山先生がとくに店内の客に注意を払った。見慣れない客が来ると、すぐに裏口から逃げてもらった。その頃から、魯迅先生は自分の書いた文章を内山書店に送り、書店が代送した。原稿料や手紙が送られてくるときは書店が取り次いだ。魯迅先生が客と会うときも、内山書店か、書店の裏門からつづく内山店主の家を借りていた」

魯迅が定期的に顔を見せるようになってからのエピソードとして、『魯迅の愛した内山書店』に次のような場面が描かれている。

完造に美喜が、

「魯迅先生がうちの店の番頭さんと間違われはりましてん」

と笑いながら話しかけた。

「先生ならば大番頭。しかし、なんとももったいない話やな」

と完造が答える。

「そやけど、大番頭なら命をねらわれることはあらしまへん」

と言う美喜に、

「国民党政府から三万元の懸賞金が先生の首にかかっているそうや」

と完造が伝えると、

「おおこわ」

と美喜は身をすくめた。

漱石が好きだという魯迅に彼女は、

「魯迅先生、その口ひげは、お好きな漱石先生のまねをしてはるんと違います？」

と踏み込んだこともある。

「ははは、美喜さんは美しいし、ユーモアもある」

と魯迅は笑った。

許広平は『魯迅回想録』（松井博光訳、筑摩書房）に「内山は夫人を尊重し、いつも内山書店は、夫人の力でできたものだとほめそやし、ときには謙遜して、かの女こそ主人だとさえ口にした」と書いている。それは事実であり、美喜は内山書店に欠かせない存在であった。

完造と美喜の履歴書

さて、完造は一八八五年一月十一日に岡山県芳井村（現井原市）に生まれた。父の賢太郎は村会議員や村長をつとめた。

腕白少年だった完造は学問をするより商売人になった方がいいと言われて、十二歳で大阪の商家に奉公に出た。

それからいろいろあって、一九一二年にクリスチャンになる。のちに同志社の総長になる牧師の牧野虎次に、将来どうするつもりか、と問われ、

「嘘《うそ》八百を云う商売、云わねば出来ない商売と云うものがきらいになりましたので、これからは一つ勉強でもして、伝道者になりたいと思っております」

と答えると、

「嘘を云わないでも出来る商売があったらやったらよいではないか。せっかく今日まで苦労して来たその苦い経験を生かしたらどうか」

と言われ、参天堂を紹介された。そして、上海へ行くことになる。一九一三年春のこと

だった。

完造が書いた履歴書には、かつて勤めていた店のカネを使い込んだということも正直に綴られていたらしい。

そのころ、祇園《ぎおん》の暮らしに疑問を感じ始めていた美喜も、完造の通う京都教会の門を叩く。

完造と美喜の運命的な出会いだった。完造の『花甲録』（東洋文庫）に、こう書いてある。「およそ教会に於いては全く見ることの出来ない婦人がストーブ近くに居るのである。髪は大きな文金の高島田で大柄な紫矢がすりの羽織を着ているのである。ちょうどその頃、東京の名妓《めいぎ》赤坂の万竜が霊南坂教会の綱島牧師の下に走ったと云う新聞記事が出て居ったのを見て居った。私は赤坂の万竜が京都教会に現われたのではないかと云うようなことをちらっと思うたほどであった。しかしただの一度きりで、その後は一度も見ることはなかった」

完造より八歳下の美喜は一八九三年に京都で生まれている。父親の借金を返すために花街に入り、辛酸を経て、一九一五年に完造と婚約する。その式は京都教会で行われた。

上海で書店経営に成功した後も、二人は京都教会への献金を欠かさなかったという。

小泉譲は『評伝・魯迅と内山完造』の中に、完造は出張先から美喜宛てに火の出るような恋文を書いたと記している。

「一字一句に火のような情熱がこもる。ペンを握る手に汗がにじみ、胸に炎が燃えあがる」と小泉は形容し、「もし、この完造とみきの往復書翰《しょかん》が保存されていたら、魯迅『両地書』に共通する愛の発展史が内山完造の『生ける支那の姿』他、数冊の著書にはない独自な趣きをもった書物となっていたであろう」とまで言っている。

『魯迅の愛した内山書店』によれば、美喜はこう思った。

「完造さんは、祇園で遊ぶ旦那はんらとはまったくちがうお人や。ほんまにうちのことを想うてくれてはる。手紙を読んだら顔から火が出そうに恥ずかしなりますけど、二人で上海に店を持とうと真剣な字で書いてくれてはる。胸が熱うなる思いでいます。人を愛し、愛されるゆうのはこういうことなんや」

上海に向けて出発する前、完造はただ一つの財産だった布団を売り、聖書と讃美歌、そして内村鑑三の『聖書之研究』四十余冊を買い求めている。

魯迅の急逝

内山書店と魯迅の関係が深まる一方で、

「内山完造はスパイだ」

と噂《うわさ》する者が中国側にいた。

それを聞いて魯迅は激怒し、

「彼はスパイではなく本を売って稼いでいるのであって、人の血を売っているのではない。この点は犬にも劣る文人たちも精一杯見習うべきだ」

と反駁《はんばく》した。

一九三三年に宋慶齢らの呼びかけで上海で中国民権保障同盟が結成され、魯迅は執行委員に選ばれる。

「私も参加させて下さい。お役に立ちますから」

と完造は申し出たが、魯迅は、

「あなたに命の危険が及びます。内山書店は、私たち中国人にとってなくてはならない大切な場所なのです」

と言って断った。

左右両派から攻撃されながらも魯迅が闘いをやめなかった最中のことである。

そして一九三六年十月十八日、午前六時ごろ、内山宅の玄関の戸が叩かれる。

上着を羽織った美喜が出て行くと、青い顔をした許広平が立っていた。

「どないしはったんどす？」

美喜が尋ねると、

「先生がこれを老板にと」

と答えて許はその場に倒れ込んだ。

魯迅からのメモにはこう書いてあった。

「老板
意外なことで夜中から又喘息《ぜんそく》がハジマッタ。ダカラ十時頃の約束ガモウ出来ナイから甚ダ済みマセン。御頼ミ申ます、電話で須藤先生を頼んで下さい。早速キテ下さる様にと
艸々頓着　L拝

十月十八日」

カタカナ、漢字、そして平仮名がまじって切迫感が伝わってくる。

須藤五百三《いおぞう》が駆けつけたが、翌十九日の早朝、魯迅は亡くなった。

のちに魯迅の息子、海嬰はこう述懐している。

「(筆者註：父が）病気になったときは、内山先生に相談にのってもらい、どう治療したらいいか、どの先生に診てもらったらいいか、みんな内山先生に頼んでおりました。ほんとうに私たちは内山先生を信用し、頼りにしておりました。

父からもよく聞かされましたし、自分の目でも見ていました。子供の私にさえ、内山先生に頼っていれば安心だ、という気持ちがありました」（ＮＨＫ〝ドキュメント昭和〟取材班編『ドキュメント昭和』第二巻、角川書店）

完造と共に内山書店を支えた美喜は、一九四五年一月十三日に、魯迅と同じ心臓喘息で亡くなった。

第十四章　魯迅の人と作品

許広平との往復書簡集『両地書』

『魯迅の思い出』所収の「魯迅さん」で、内山完造は、魯迅が北京にいる妻のことを、

「北京の方はお母さんの嫁さんです」

と言っていた、と語っている。

親が決めた結婚であり、真の魯迅夫人は十七歳下の許広平だということだろう。

完造によれば、魯迅は母親と北京夫人のふたりの生活費も毎月送っていたという。だから原稿料に頼る魯迅の生活は「ナカナカ大変」だった。

几帳面《きちょうめん》な魯迅を完造はこう伝える。

「積上げてある書斎の本はまことに整然と整理されておりました。日本の雑誌などでもきちんと積んであって一冊一冊の重要記事は一冊一冊に題名を書いた見出しがはさんでありました。単行本にも同じようにしてありました」

私は魯迅の作品に触れるには「狂人日記」などよりも、許広平との往復書簡集『両地書』から入った方がいい、とも書いたことがある。

学生だった許に対する手紙で、何よりもわかりやすいからである。

「いま先生にお手紙を書いているのは、先生からやがて二年に近い間お教えを受け、毎週『中国小説史略』のお講義を待ちこがれ、先生の授業時間にはいつも我を忘れてぶっきらぼうに、同じハキハキした言葉でもって、好んで発言する一人の学生であります。彼は幾多の懐疑と不平憤懣の言葉を長いあいだ腹にためていたのですが、今は抑えきれなくなったのでしょう、ついに先生に訴えることにしたのです」

この第一信には、次のような追記がついていた。

「彼は人から学生の二字の上に『女』の一字を加えるべきものと見られています。しかし彼がお嬢さんを気取らないのは、先生がお役人を気取られないのと同じです。彼は実際お嬢さんの身分地位にいる資格がないからです。どうか変にお取りになりませんように。右お笑い草まで」

これに対して、魯迅はある時の返事でこう書く。

「あなたは、私の作品をよく読んでいられるようですが、私の作品は暗すぎるのです。私はいつも『暗黒と虚無』だけが『実在』だという気がして、そのくせそれらに向って、絶望的に戦っているものですから、そこで過激な口調が多くなるのです」

あえて言えば、希望からではなく、絶望から出発してほしいということかもしれない。

魯迅は「あなたの反抗は、光明の到来を望むからではありませんか？　そうにちがいないと思います。だが私の反抗は、暗黒ともみ合うだけです」とも書いた。

手紙を何度も往復して親しくなると、魯迅はこんな許広平評も書いた（以下の遣り取りの訳文は、南雲智『『魯迅日記』の謎』、TBSブリタニカによる）。

「一つ、髪の毛は二寸以下に短くはならない。きれいに梳《す》かれていたり、くしゃくしゃだったりする。

二つ、顔にクリームをつけている。

三つ、わけのわからない布地（本人たちと店と裁縫師にしかわからない）の服を着ている。あるいは花模様の刺繍のついたシャツが一枚、トランクにしまってある。だが、端午の節季に偶然、一度着ただけ。

四つ、わめく、泣く……（未完）」

この冷やかしに許も負けていない。正面から受けとめ、次のように切り返した。

「A　名流になりたがる。あるいは（講師として初めてわが校に来て）心理テストをするとき、髪の毛をわざとぼうぼうにしてきた。

B　（冬、秋、春）赤い毛糸の靴下を履いている。

C　もっぱら舶来の消耗品を使う。たとえば洋菓子、たばこ、洋書……（未完）、あるいは大礼服や洋服がどっさりとトランクにしまってあるが、端午の節季……には絶対、身に着けようとしない。

D　いつも小鬼（筆者註：魯迅がつけた許のニックネーム）の前で失敗し、そのたびに屁理屈をこねて恥を隠す。こちらの『泣く、わめく』はそれほどでもない。そちらの『凶悪ぶり』こそ、いつものこと。

E　唐辛子、お茶菓子、飴《あめ》、たばこ、酒——合格の域に達しない——を好む。

F　何かにつけお母さん、お母さんと言って、まだ幼な心がぬけきっていない。

G　外面は凶悪だが、中身は仁厚な怒目金剛慈悲大士である」

なかなかに手きびしい。しかし、どこか、恋文のおもかげが漂う。そんな許と魯迅が惹かれ合うのは当然でもあっただろう。

根本の思想は仇討ち

『南ヴェトナム戦争従軍記』（岩波新書）の著者、岡村昭彦も魯迅を耽読《たんどく》した。「同情は連帯を拒否したときに生まれる」と指摘した岡村は、むのたけじとの対話『１９６８年』（三省堂新書）で、「魯迅を貫く根本の思想は、ぼくは仇討ちだと思うんです」と発言し、それを最も表した作品として『鋳剣』を挙げる。

仇討ちにのぞむ名刀鍛治の息子の眉間尺が、殺された父親が作った刀を背負って仇である王を殺しに行く。しかし、王は悪のかたまりで、ひ弱な子どもに簡単には討たれない。眉間尺は返り討ちに遭いそうになるが、そこへ黒衣の武士が現れて、代わりに仇を討ってやろうという話になる。

そこで眉間尺が武士を「義侠《ぎきょう》のお方」と呼ぶと、彼はそれを否定し、その呼び方が自分を辱めるものだと答える。そして、

「義侠、同情、それらのものは、昔はけがれない時もあったが、今ではすべて高利貸の資本に変った」

と言うのである。

この作品の結末はここで明かすまい。権力を望まない革命の必要性が説かれていると私は受け取った。

『1968年』で、むのは、

「ものごとの本質を問いつめない心情はかえって、しばしば敵のための武器となり、同情しないほうが同情するより鋭い意味をもつ場合だってある」

と言い、岡村は、

「うそをつくことと、逃げることと、うたぐることとは、権力とたたかうときの民衆の三大武器ですからね。だから、逃げるやつは男らしくないとか、うそをつくのは悪者だとか言い、権力者側は自分のペースに引きずりこもうとするのだ」

と返している。

岡村の「インテリというやつには民衆の珠玉のようなうそはわからない。それだけ権力者に近いからだ」という指摘も忘れてはならないだろう。

一九六五年に岡村は沖縄の伊江島で米軍基地拡張反対闘争を闘っている老人と会った。

『南ヴェトナム戦争従軍記』を読んだというその人は、岡村の最も好きな本を尋ねた。

「魯迅です」

と答えると、彼は、

「聞いたこともない名前だが、ぜひ読んでみたい」

と言うので、帰宅してから岡村は『魯迅選集』を送った。十三巻ものそれを半年かかって読んだ老人は岡村にこういう手紙をよこした。

「送っていただいた本を全部すみずみまで読みました。魯迅が書いているものは、すべて私が育ってきた沖縄の中にあります。どうもよい本をありがとうございました。私たちのたたかいが苦しいとき、私は魯迅を読み返すでしょう」

「魯迅を読もうとする日本の青年はまず自分の国の中の沖縄のことを勉強すべきだ」

と提言するむのに、岡村は、

「魯迅を青年たちが読まないから、『沖縄返還闘争』などと言うので、魯迅をすみからすみまで読んで、よく理解することができたら、『沖縄奪還闘争』と言うようになるだろう」

と応じている。

「『フェアプレイ』は時期尚早」

『故事新編』の中の「出関」という作品も忘れ難い。

孔子と老子を比較して、老子がこう語る。

「われわれは、やはり同じ道ではない。たとえば、同じ一足の靴であろうとも、わしのは、流沙を踏むもの、彼のは、朝廷へ登るものだ」

儒教否定、つまり孔子否定の魯迅の面目躍如だろう。

『フェアプレイ』は時期尚早」という指摘も鋭い。

「誠実なる人がしきりに叫んでいる公理にしても、現今の中国にあっては、善人を救助することができないばかりでなく、かえって悪人を保護することにさえなっている」

こう喝破した魯迅は「公理」、つまりフェアプレイを皮肉って、こう言う。

「『公理』は一斤何円ですか?」

フェアプレイ推奨は武装解除の思想、いわば思想的刀狩りだとする魯迅は、そして、繰り返し叫ぶ。

「水に落ちた犬は打て」と。

檜山《ひやま》久雄はその著『魯迅』（三省堂新書）で「魯迅の文学は、中国革命の基底にひろがる暗黒にみずからを置き、たやすく救われる路をかたくなに拒むところに成り立った文学である。しかも、救われる路を拒むことによって、かえって根源的に革命的たり得た文学である。私は、この逆説をみごとに生き抜いたところに、魯迅文学の限りない魅力を見出す」と要約した。

魯迅をめぐって、作家の徐京植《ソキヨンシク》と楽しい対談をやったことも思い出す。それは『週刊金曜日』の一九九五年十二月二十二日号に掲載されたが、長い間、韓国の獄中に留置され、拷問を受けた二人の兄を持つ京植は『野草』の中の「凧《たこ》」という作品に惹かれると話し始めた。

「この作品は、魯迅がまだ子供だった時に弟をいじめた話で、弟が物置か何かに隠れて凧を作っているのを目敏《めざと》く見つけた魯迅が、くだらない遊びだといって、取り上げてつぶしてしまう。ところが魯迅は大人になってからそれがどんなにひどい、精神への虐待であったかということに思い至って、その思いを消すことができない。気がつけばお互いにひげの生えている年になっている。あるとき弟にその話を持ち出して詫《わ》びた。そうしたら弟のほうはそんなことがありましたかねと笑った、という話なのです」

こう語る京植は獄外にあって必死に兄たちを支え、その過程で励まし続けてくれた岡部伊都子を母《オモニ》のように慕ったのだが、彼が「凧」にこだわるのは、プロレスごっこなどで長兄の勝にやられた傷痕が頭や手首にあるからだった。

この「凧」を奇《く》しくも、勝と京植が、ほぼ同時に読んでいたのである。

「私は、零下一〇度、場合によっては二〇度近くに下がる刑務所で、かじかむ手でページをめくる兄がどんな気持ちで読んでいるのかと身につまされました。ところが、彼が刑務所から出てきたときに、子供のころにこんなふうにおれを傷つけたことを覚えているかと言ったら全然忘れているのです。そんなことがあったのかなと大笑いしていましたが……（笑）」

魯迅は永遠の批判者である

一九九三年夏に魯迅の足跡を求めて上海に旅した時、私は、魯迅の鋭い言葉は、ほとんどそれに耳を傾ける人間のいないような中で磨かれたものであることを実感した。

魯迅は永遠の批判者である。

評論家ならぬ小論家の私に対して、よく、「あいつは批判ばかりしている」とか、「批判するのは簡単だ」とかいう言葉が投げつけられる。簡単と思うなら批判してみるがいい。歓迎しないリアクションが返ってくることを、彼らは知っているのか。

私は魯迅の徒として「批判が生ぬるい」という批判は受け入れても、「批判ばかりして」という難癖を受けつけるつもりはない。私は「批判をし抜く」ことを基点としているのであり、「お前の批判は足りない」と言われた時にのみ、さらに奮起するのである。

「批判をし抜く人」は必要であって、そこにしっかりと踏みとどまって批判の言葉を研磨したのが魯迅だった。

おわりに

残された時間もそう多くないのに、自分には主著と言えるようなものはあるのか、といった疑問がわいて、少なからずうろたえた。

そんな時に集英社新書編集部長の樋口尚也君と会い、「魯迅を」と言われ、長いつきあいの編集者はありがたいものだなと、しみじみ思った。

彼の企画で『Ｂａｒｔ』という雑誌で「サラリーマンの人生相談」をし、それをまとめて『スーツの下で牙を研げ！』（集英社）という本を出したのが一九九四年六月である。それから四半世紀の時が流れている。

この年の一月に私は『さらば会社人間――私の思想的故郷としての魯迅』（徳間書店）を刊行した。これは大幅に増補加筆して『魯迅烈読』と改題し、現在は岩波現代文庫に入っている。

その後、知人や友人はもちろん、思いがけない人からも、

「あの魯迅の本がサタカさんの主著ですね」

と言われ、意外な感じと納得する感じが一緒にやって来た。

樋口君も同じ思いだったのだろう。

しかし、彼も指摘するように、『魯迅烈読』はもともとが語り下ろしであり、魯迅の作品を解読したに過ぎない。

それで彼から、

「決着をつけて下さい」

と迫られた。

その課題を突きつけられ、書き下ろしとして挑んだのがこの本である。

なるほど、共に歩んできた編集者はありがたいものだと感謝しつつも、七十歳も半ば近くなっての書き下ろしは、結構しんどかった。

しかし、「魯迅を生きる」というか、「魯迅と生きる」道を歩んできた私にとって、それは、ある意味でわが人生を振り返ることであり、書き進めるに従って、改めて自分の中に魯迅が深く入っていたのだなという思いを新たにした。

拙著『わが筆禍史』（河出書房新社）のオビには「過激な自叙伝」と書かれているが、本書は「わが思想史」である。

ニーチェ、夏目漱石、中野重治、伊丹万作、竹内好、久野収、むのたけじ、と魯迅に関わった作家や思想家を振り返る旅はまさに、私の思想遍歴をたどる旅でもあった。

直接の担当者として、いろいろと励ましてくれた西潟龍彦君にもお礼を言いたい。

佐高　信

二〇一九年八月十五日

参考文献

アグネス・スメドレー著、高杉一郎訳『中国の歌ごえ』上下巻、ちくま文庫、一九九四年
飯沢匡『武器としての笑い』岩波新書、一九七七年
石原慎太郎『わが人生の時の人々』文春文庫、二〇〇五年
伊丹万作著、大江健三郎編『伊丹万作エッセイ集』ちくま学芸文庫、二〇一〇年
伊藤虎丸『魯迅と日本人——アジアの近代と「個」の思想』朝日新聞社、一九八三年
上野英信追悼録刊行会編『追悼　上野英信』上野英信追悼録刊行会、一九八九年
歌の手帖編『私を支えたこの一曲』マガジンランド、一九九六年
内山完造『生ける支那の姿』学藝書院、一九三五年
内山完造『花甲録』東洋文庫、二〇一一年
内山完造著、内山嘉吉・内山籬・魯迅友の会編『魯迅の思い出』社会思想社、一九七九年
ウルリッヒ・リンス著、栗栖継訳『危険な言語——迫害のなかのエスペラント』岩波新書、一九七五年
太田尚樹『伝説の日中文化サロン　上海・内山書店』平凡社新書、二〇〇八年
河田宏『満洲建国大学物語——時代を引き受けようとした若者たち』原書房、二〇〇二年
河邑厚徳『むのたけじ　笑う101歳』平凡社新書、二〇一七年
許広平著、安藤彦太郎訳『暗い夜の記録』岩波新書、一九五五年
許広平著、松井博光訳『魯迅回想録』筑摩書房、一九六八年

金時鐘・佐高信『「在日」を生きる――ある詩人の闘争史』集英社新書、二〇一八年
金芝河著、渋谷仙太郎訳『長い暗闇の彼方に』中央公論社、一九七一年
木村武雄『ナポレオン　レーニン　石原莞爾――近世史上の三大革命家』講談社、一九七一年
久野収著、佐高信編『久野収セレクション』岩波現代文庫、二〇一〇年
小泉譲『評伝・魯迅と内山完造』図書出版、一九八九年
斎藤信策著、姉崎正治・小山鼎浦編『哲人何処にありや』博文館、一九一三年
佐高信『黄沙の楽土――石原莞爾と日本人が見た夢』朝日新聞社、二〇〇〇年、のちに『石原莞爾　その虚飾』と改題、講談社文庫、二〇〇三年
佐高信『佐高流経済学入門――私の出発点』晶文社、二〇〇三年
佐高信『青春読書ノート――大学時代に何を読んだか』講談社文庫、一九九七年
佐高信『タレント文化人100人斬り』現代教養文庫、一九九八年
佐高信「『仲間ぼめをしない』ということ」、『思想の科学』一九七八年五月号
佐高信『ビジネス・エリートの意識革命――企業人の面とペルソナ』東京布井出版、一九七七年、のちに『企業原論――ビジネス・エリートの意識革命』と改題、現代教養文庫、一九九三年
佐高信・魚住昭『だまされることの責任』角川文庫、二〇〇八年
竹内好『新編魯迅雑記』勁草書房、一九七六年
竹内好『転形期――戦後日記抄』創樹社、一九七四年
竹内好「日本共産党論（その一）」、『展望』一九五〇年四月号（雑誌掲載時のタイトルは「日本共産党に

与う」）
竹内好『日本と中国のあいだ』文藝春秋、一九七三年
竹内好・吉本隆明「思想と状況」、『文芸』一九六八年十月号
太宰治『惜別』朝日新聞社、一九四五年
譚璐美『戦争前夜――魯迅、蔣介石の愛した日本』新潮社、二〇一九年
登張竹風遺稿・追想集刊行会編『登張竹風遺稿追想集』郁文堂出版、一九六五年
中野重治『中野重治全集』第二巻、筑摩書房、一九七七年
南雲智『『魯迅日記』の謎』ＴＢＳブリタニカ、一九九六年
西部邁・佐高信『思想放談』朝日新聞出版、二〇〇九年
西部邁・佐高信『難局の思想』角川ｏｎｅテーマ21、二〇一一年
檜山久雄『魯迅――革命を生きる思想』三省堂新書、一九七〇年
平岡梓『伜・三島由紀夫』文春文庫、一九九六年
藤沢周平『周平独言』中公文庫、一九八四年
フリードリヒ・ニーチェ著、秋山英夫編訳『愛と悩み――ニーチェの言葉』現代教養文庫、一九六〇年
本庄豊『魯迅の愛した内山書店――上海雁ヶ音茶館をめぐる国際連帯の物語』かもがわ出版、二〇一四年
馬見塚達雄『「夕刊フジ」の挑戦――本音ジャーナリズムの誕生』阪急コミュニケーションズ、二〇〇四年
むのたけじ『詞集たいまつ』評論社、一九九七年

むのたけじ『詞集たいまつ――人間に関する断章604』三省堂新書、一九六七年
むのたけじ『戦争いらぬやれぬ世へ』評論社、二〇〇七年
むのたけじ『たいまつ十六年』企画通信社、一九六三年、のちに岩波現代文庫、二〇一〇年
むのたけじ『雪と足と』文藝春秋新社、一九六四年
むのたけじ・岡村昭彦『1968年――歩み出すための素材』三省堂新書、一九六八年
むのたけじ著、黒岩比佐子・聞き手『戦争絶滅へ、人間復活へ――93歳・ジャーナリストの発言』岩波新書、二〇〇八年
湯治万蔵編『建国大学年表』建国大学同窓会建大史編纂委員会、一九八一年
横光利一『考へる葦』創元社、一九三九年
魯迅著、竹内好編訳『魯迅評論集』岩波文庫、一九八一年
魯迅著、増田渉・松枝茂夫・竹内好編『魯迅選集』全十二巻および別巻、岩波書店、一九五六年
NHK〝ドキュメント昭和〟取材班編『ドキュメント昭和』第二巻、角川書店、一九八六年
『新聞人　信夫韓一郎』「新聞人　信夫韓一郎」刊行会、一九七七年
『箱舟の去ったあと――五木寛之討論集』講談社文庫、一九七四年
『朝日新聞』一九五九年九月二十二日
『映画芸術』二〇一七年夏号
『週刊金曜日』一九九五年十二月二十二日号
『週刊金曜日』二〇一六年二月十九日号

『たいまつ』第六九二号、一九六九年三月二十日
『レコンキスタ』第二一〇号、一九九四年十月一日

日本音楽著作権協会（出）許諾第１９０９９８４－９０１号

佐高 信（さたか まこと）

一九四五年山形県酒田市生まれ。評論家。慶應義塾大学卒。高校教員、経済誌編集長を経て、現職。「憲法行脚の会」呼びかけ人の一人。「ヘイトスピーチとレイシズムを乗り越える国際ネットワーク」共同代表。著書に『未完の敗者　田中角栄』『自民党と創価学会』『敵を知り己れを知らば』、共著に『保守の知恵』『安倍政権を笑い倒す』『戦争と日本人』『原発と日本人』『国権と民権』など多数。

いま、なぜ魯《ろ》迅《じん》か

集英社新書〇九九五C

二〇一九年一〇月二二日 第一刷発行

著者……佐《さ》高《たか》 信《まこと》
発行者……茨木政彦
発行所……株式会社集英社
東京都千代田区一ツ橋二-五-一〇　郵便番号一〇一-八〇五〇
電話　〇三-三二三〇-六三九一（編集部）
〇三-三二三〇-六〇八〇（読者係）
〇三-三二三〇-六三九三（販売部）書店専用
装幀……原 研哉
印刷所……大日本印刷株式会社　凸版印刷株式会社
製本所……加藤製本株式会社

定価はカバーに表示してあります。

ISBN 978-4-08-721095-8 C0295

a pilot of wisdom

a pilot of wisdom

集英社新書　好評既刊

隠された奴隷制

植村邦彦　0983-A

マルクス研究の大家が「奴隷の思想史」三五〇年間をたどり、資本主義の正体を明らかにする。

俺たちはどう生きるか

大竹まこと　0984-B

自問自答の日々を赤裸々に綴った、人生のこれまでとこれから。本人自筆原稿も収録！

「他者」の起源　ノーベル賞作家のハーバード連続講演録

トニ・モリスン　解説・森本あんり／訳・荒このみ　0985-B

アフリカ系アメリカ人初のノーベル文学賞作家が、「他者化」のからくりについて考察する。

定年不調

石蔵文信　0986-I

仕事中心に生きてきた定年前後の五〇～六〇代の男性にみられる心身の不調に、対処法と予防策を提示。

言い訳　関東芸人はなぜM-1で勝てないのか

ナイツ 塙 宣之　0987-B

M-1審査員が徹底解剖。漫才師の聖典とも呼ばれるDVD『紳竜の研究』に続く令和の漫才バイブル誕生！

資本主義の終わりか、人間の終焉か？　未来への大分岐

マルクス・ガブリエル／マイケル・ハート／ポール・メイソン／斎藤幸平・編　0988-A

「人間の終わり」や「サイバー独裁」のようなディストピアを退ける展望を世界最高峰の知性が描き出す！

自己検証・危険地報道

安田純平／危険地報道を考えるジャーナリストの会　0989-B

シリアで拘束された安田と、救出に奔走したジャーナリストたちが危険地報道の意義と課題を徹底討議。

保護者のための　いじめ解決の教科書

阿部泰尚　0990-E

頼りにならなかった学校や教育委員会を動かすこともできる、タテマエ抜きの超実践的アドバイス。

「国連式」世界で戦う仕事術

滝澤三郎　0991-A

世界の難民保護に関わってきた著者による、国連という競争社会を生き抜く支えとなった仕事術と生き方論。

「地元チーム」がある幸福　スポーツと地方分権

橘木俊詔　0992-H

ほぼすべての都道府県に「地元を本拠地とするプロスポーツチーム」が存在する意義を、多方面から分析。

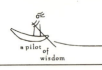